中国科幻新锐系列

赢家圣地

陈楸帆 著

王晋康 主编

深圳出版社

图书在版编目（CIP）数据

赢家圣地 / 陈楸帆著. -- 深圳 : 深圳出版社,
2023.7
　（中国科幻新锐系列 / 王晋康主编）
　ISBN 978-7-5507-3792-1

　Ⅰ.①赢… Ⅱ.①陈… Ⅲ.①幻想小说—小说集—中
国—当代 Ⅳ.①I247.7

中国国家版本馆CIP数据核字(2023)第049192号

赢家圣地
YINGJIA SHENGDI

出 品 人	聂雄前
项目策划	刘 婷 简 洁
特约编辑	刘秋香
责任编辑	张 梅
责任校对	叶 果
责任技编	梁立新
封面绘制	陈楸帆·Midjourney
装帧设计	见 白

出版发行	深圳出版社
地　　址	深圳市彩田南路海天综合大厦（518033）
网　　址	www.htph.com.cn
订购电话	0755-83460239（邮购、团购）
设计制作	见白设计工作室
印　　刷	深圳市华信图文印务有限公司
开　　本	889mm×1194mm　1/32
印　　张	7.5
字　　数	132千字
版　　次	2023年7月第1版
印　　次	2023年7月第1次
定　　价	45.00元

今年是我从事科幻创作三十周年，作为三十年前的"新锐"来主编"中国科幻新锐系列"丛书，免不了忆起很多陈年旧事。

中国发展太快了，三十年已如隔世。科幻圈都知道，当年我因为被十岁娇儿逼着讲故事而被逼成了科幻作家，巧合的是，我的宝贝孙子今年正好十岁，也在每天逼着我讲科幻故事。但相隔三十年的两个十龄童显然有很大差别。孙子生活在深圳，除了校内学习，还要参加各种培训班，活得很辛苦。但在承受现代化的压力的同时，也享受着现代化的慷慨馈赠：他已经周游列国；英文水平已经达到能通读原文版《哈利·波特》的程度；经常参加英语话剧表演和钢琴比赛；因为读书多，写起作文也能随手挥洒倚马千言。可以说，这个十龄童的小脑瓜内的信息量，绝对十倍于三十年前那个十龄童的信息量。我曾开玩笑说，这代孩子从小就受信息洪流的强烈刺激，说不定他们的大脑沟回都会比三十年前的孩子深一些。

一斑而窥豹，单从我的孙子身上就可以清楚地触摸到时代的进步，触摸到深圳这个"科技之都"的脉搏。

我一直有一个观点，科幻文学这个品种的兴盛和其他文学品种不同，其他文学品种的巅峰不一定和盛世同步，反倒有可能"乱世出经典"，"国家不幸诗家幸"；但科幻文学的巅峰和盛世之间呈现出很强的正相关性，因为只有社会经济和科技足够发达，能培养出足够多的、跨过某一个知识门槛的读者群和作家群，科幻文学才能蓬勃发展。放眼看世界上科幻文学的诞生和科幻文学中心的数次迁移，都符合这个规律。

而今天，中国社会的腾飞已经到了"这个份上"，更不用说中国的"科技之都"深圳。

近十年是中国科幻文学发展最迅猛的十年，一批八零后甚至九零后新锐作家不断涌现，他们视野开阔，感觉敏锐，信息丰沛。他们毫不客气地将中国科幻文学的大旗从我们这代人的手中夺走，扛在了他们年轻的肩上。本次主编出版的"中国科幻新锐系列"，经过了精心挑选，代表了本土孵化和本土选拔的科幻作品一流水平。丛书包括科幻作家陈楸帆、王诺诺、谭钢、分形橙子这四位科幻作家的作品，他们都是新一代中国科幻作家中的佼佼者。

在这一代新锐科幻作家群中，常年在科技创新第一线的工作者居多。这种现象在当代中国科幻圈相当普遍。他们出身于理工科，曾在 IT 行业或其他前沿科技行业工作多年，这些经历让这批作家能够站在与众不同的科技视角来审视未来的技术发展。在他们的作品中，往往有出其不意的科幻创意，极具震撼力和冲击力，又完全符合科学理性。当他们带着这些点子进入科幻创作领域，就会打开阿里巴巴的宝库，写出夺人眼球的优秀作品，给读者呈现一场科幻盛宴。

除了这些特点之外，我还发现一点巧合：这四位作者都和深圳有关联，他们或在深圳工作，或在深圳成长，或在深圳居住。这既是巧合，也不全是巧合，因为这个城市本身就很科幻，很新锐。深圳经济特区自建立以来，在四十多年的岁月里，一直在大笔书写着一个个传奇故事。金融之都、创新之都、粤港澳大湾区中心城市之一，这座城市四十多年的成就，本就是一部科幻色彩浓郁的华丽篇章。在深圳这片日新月异的热土上，发展科幻产业，拥有无可辩驳的天然优势。

深圳作为中国独一无二的未来都市，凭借得天独厚的科技资源优势，已经汇集了大批的科幻从业者，包括全国唯一致力于科幻发展的公益基金——"科学与幻想成长基金"。由该基金发起举办的"晨星杯"中国原创科幻文学大赛，已经连续举办了八届，为国内科幻发掘、培养了一大批以本土作家为主的优秀新锐科幻青年作者。我忝为该基金一个挂名的督导，对他们这种锲而不舍的坚持十分感动。中国需要这样的科幻组织。

该基金继组织"晨星杯"中国原创科幻文学大赛之后，又与深圳出版社合作，适时推出"中国科幻新锐系列"丛书。相信这套丛书能够加强深圳本地科幻力量的交流协作，为科幻事业提供优秀的文字基础作品，也为新锐科幻作家的作品推广和 IP 运作提供一个良好的平台。希望假以时日，它能成为中国有影响力的科幻出版品牌，成为大家认识和了解中国新科幻的第一站。

长江后浪推前浪，新锐科幻力量必将引领中国科幻走向下一个辉煌。

2023 年 3 月

目录

爱的小屋

用所有的眼睛，造物们看见
敞开处。只有我们的眼睛
如被调转，遍布其四周
像陷阱，包围它们自由的出口。

— 里尔克《杜伊诺哀歌》之八 —

Hello 各位团友大家好，欢迎收看"忒修斯的线团"特别节目《爱屋及乌》第三期，我是你们的 Vlogger 不胖的阿修，每天五分钟，带领大家了解一个御宅族的日常。

【动画字幕：（捂脸哭泣表情x3）真的很无聊很没有人气呢～】

如果追看过前两期的团友应该知道，最近阿修被卷入了一起神秘的恋爱事件呢。你所看到的这间漂亮大屋子，不是我的，而是当当当当——女主人公小樱的。什么？同居？哪里有这么好的事情啦，只是帮忙看房子而已啦……

【动画字幕：粉色桃心飞起】

想想龙猫还在屋里呢，我给它准备了一个礼拜的食物和水，希望它不要被自己的大便熏死就好了……

话说回来，阿修住进来之后，一直以为只有自己一个人，直到昨天半夜，准确地说应该是今天凌晨，发生了一件很奇怪的事情……

阿修暂停了视频录制，揉了揉发青的眼眶，疲惫地叹了口气，尽管用游戏掌机来当提词器，双目摄像头捕捉他的口型同步滚动字幕，可是那些做作的脚本还是让他表情生硬，尴尬不已。他又看了看订阅数，只躺着可怜的数字132，比昨天还少了一个人，打开率和完播率更是低到个位数。

这个时代真是对我们这种相貌中上、身材中下的人不友好呢。

阿修内心暗暗吐槽，放下了机器，继续研究昨晚半夜发生的神秘现象。

事情是这样的，阿修玩着游戏在客厅沙发上睡着了，迷迷糊糊间听到有女孩的说笑和脚步声，他勉力从睡梦中睁开眯缝眼，一边问着"是小樱吗"，一边在茶几上摸索眼镜。像他这种双眼近视600度以上的睁眼瞎，只看到几团带颜色的光在晃动。等他戴好眼镜，听得咣的一声关门，便什么都没有了，留下他自己孤零零在黑暗中，这时手机显示是凌晨4：20。

他打开了所有的灯，并没有发现屋里有人动过的迹象。

究竟是怎么一回事呢？

如果是有窃贼的话，首先他无法破解高强度加密的大门，除非把整座墙拆了，否则面部、声纹、步态、虹膜等十几项生物特征识别，加上每次随机生成的密钥，都是一般窃贼难以用小技巧绕开的屏障。其次倘若选择硬闯，则肯定会激活中控安防系统，自动发出警报并报警。

可门还在那里，一点指甲划痕都没有。

阿修摇摇头，他就是太容易陷入这种技术性的细节，像是雪地里无法控制僵硬肌肉的初学者，滑出一道半径太大的弧线，却无法回到本应前进的方向。

所以刚才那是小樱回来了吗？可她明明说爸爸有急事找，会进城待一个礼拜，下周三回。如果提前回来，怎么也应该先打个招呼吧。

阿修觉得女孩是这宇宙间最神秘的事物，远远超过了暗物质与曼哈顿计划。他甚至认为自己不应该去揣测小樱，因为那已经超越了他知识与经验的边界。

一个想法无法控制地闯入他的脑海：也许小樱并不想看到我，也不想和我在现实世界里发生联系？所以只是匆匆来去，拿上忘掉的什么东西。

甚至更糟糕的一种可能，她看到了我，却选择逃掉？

这让阿修感觉沮丧，他跌坐回沙发，用粗大手掌揉搓胖脸，试图让自己清醒一些。

我是谁？我在干什么？我为什么会在这里？

这一连串问题令人窒息。

这时，伴随着天花板上粉色光线的细微流淌，一把柔和的女声响起，那是中央控制 AI "阿鲁卡斯"的声音。

"阿修君，我监测到你的睡眠被不正常打断，现在各种生理指标曲线非常紊乱，我建议你马上喝下我为你特别调配的安神饮品，放心，小樱交代过我，不要给你喝任何含糖的东西，那对你的身体代谢不好。"

自动饮料机里已经调配好一杯淡绿色饮品，由圆滚滚的家居机器人端到阿修面前。阿修一饮而尽，是他最爱的抹茶味。

小樱还是很关心我的。阿修心里好受了些。

"谢谢你，阿鲁，所以刚才是小樱回来了吗？"

"是的，她看你睡得很熟，就没有叫醒你。她急着要把一些文件带给父亲。"

"大半夜的，可真是吓我一跳，以为进贼了呢。"

"请阿修君放心，这里非常安全，没有我的允许，任何人都无法随便进出。"

"幸好还有你，我也没那么无聊了。晚安。"

也许明天我应该检查一下小樱的卧室。阿修这么决定着，突然一阵浓烈的困意袭来，他已经无暇思考那些重大而终极的问题，又深陷在沙发里沉沉睡去。

Day 1

各位团友大家好，想必你们都和不胖的阿修一样，此刻的心情就像是香菜露出了兵库北的微笑呢。啊对不起我又在说一些奇怪的老梗了，毕竟是死宅本性嘛~

【动态图片：花泽香菜的鬼畜笑容】

现在我们马上就要来到小樱家门口了，这个地方真的不好找，似乎是非常奢侈的私宅呢，不像我们住的都是共产房（泪目）。当然出于对小樱隐私的保护，我是不会告诉你们我在哪里的，你们就死了这条心吧。

嗯？现在我们面前有一扇黑色的大门，没有任何的门铃把手吗？真的是高科技呢，难道要敲门吗？咚咚，小樱桑，咚咚，小樱桑，我是阿修君啊。

什么鬼！门上突然出现了一张脸，有点像但不是小樱桑，年纪大概要大个十岁，看起来像是个仿真度很高的CG人物呢。

她居然开始张嘴说话了……

"等等，是不是走错门了啊……"阿修放下云台，开始四处张望。这个奇怪的地方附近并没有别的建筑物，像是掩藏在花园绿植里的独栋，离哪里都很远。司机也是找了半天才在这里把他放下。

"是阿修君吗？"门上的那个 CG 头像是个表情温婉的东方女子，三十岁左右，一头短发，嘴角似笑非笑，但明显已经跨过了恐怖谷的谷底。

"啊，你怎么会知道的？"

"小樱把关于您的一切都告诉我了啊，所以我一眼就认出您了。"

阿修上下打量着门框，并没有看到那只"眼"在哪里，也许已经集成到门体内部，也有可能整个门板上密布着感光元件，它就是一只大眼。

"您是哪位？小樱呢？"

"我是她的中央控制 AI，也可以叫我阿鲁卡斯……"

"阿鲁……果然是小樱喜欢的《银魂》梗哈哈哈……"AI看着阿修乐不可支的样子，不知该作何反应，这不在她的自然语言理解范围之内。

"小樱突然接到她父亲的紧急电话，到城里去几天，她希望您能在这边住下，等她回来。"

"这样啊……不会不方便吗……"事情比阿修原本想象的复杂，却是往好的方向发展。在小樱生活的地方住下，体验她每天的日常，这简直是游戏里才会出现的剧情。一些曾经在脑海里幻想过的隐秘画面快速闪现，他激动得有点不知道该说什么好。

黑色大门悄无声息地打开了一条缝，透着稀薄的微光。

"请先进来吧，阿修君，一切都为您准备好了。"

"好、好的，需要脱鞋吗……"

"拖鞋就在地上。"

就在阿修即将迈进大门的当口，他口袋里的电话响了起来。

"喂喂……是快递啊……不是说好今天早上送到吗……喂喂……我这边信号不太好……能不能改一下地址啊……什么改地址得重新配送……那你还是改吧……你记一下……"

阿鲁卡斯静静地听着阿修打完电话，他满脸不好意思地抬起头。

"本来是订了给小樱的礼物，想亲自送过来，不巧他们的快递无人机出了故障，改成了真人投递，所以花了些时间，我已经让他们改成直接送到这里了。"

"没问题，快进来吧。"

进了门，房子的跃式结构让内部空间看起来比外面更大，不像之前想象中的小女生风格，充满了简洁的现代主义家具和装饰，色彩是淡淡的、暖暖的，像是冬天午后的煦阳照在雪地里的感觉，没有什么多余的摆设和玩具之类，一切都是恰到好处的样子。阿修隐隐觉得，小樱在网上表现出来的样子和现实中的她也许是完全两码事。

"哇，好棒的房子！"阿修打量着眼前的一切，不由得脱口而出。

"小樱每过一段时间就会换一种风格，这是这一季的北欧冷淡风，阿修君喜欢吗？"

"怎么可能不喜欢呢！"脑中闪过自己狗窝般的卧室，阿修不由得产生了一阵羞耻感。自己竟然在这样有品位有格调的女生家里做客，真的是不敢相信呢。

"那就请把这里当作自己家吧。"

"真、真的可以吗？"

"这是小樱临走前的吩咐，她说，一定要让阿修君有回家的感觉。"

"她真的这样说的吗……"阿修不知为何脸开始发烫了起来。"那么……请问这里的 Wi-Fi 密码是多少呢，感觉这地方网络有点不太好……"

"啊，是这样的，因为装修过程中内部通信模块被弄坏了，我已经下单了，新的配件还在路上，估计这几天就会到，所以还麻烦您先忍耐一下吧。"

"原来是这样，难怪我说小樱这几天都没怎么出现。还好我设置的 Vlog 自动更新素材还能维持几天，不用怕团友们等得着急了哈哈。"

阿修干笑了几声，心里清楚所谓等得着急的团友并不存在。

"我能到处参观一下吗？"

"请便，一楼是客厅、厨房、客房、健身房和洗手间，二楼是卧室和工作室，地下是影音和游戏室。"

"啊，居然还有专门的游戏室，厉害……"阿修努力控制自己不要表现得过于兴奋，流露出死宅本色。

"小樱说过，您是个游戏高手呢。"

"哪里哪里，那我可以先去游戏室看看吗？"

"当然可以，"又一扇门在客厅底部拐角处悄无声息地打开了，"从这里进去，下楼梯左拐就是。"

阿修站在那扇门前，黑漆漆的楼道自动亮起灯，像是打开了一条通往次元空间的隧道。

《 Day 0 》

看，这就是小樱，证明我不是在骗人吧团友们！

【切入图片：脸部被打上心形马赛克的短裙少女，背景是一

家连锁便利店】

　　什么，说我有钟情妄想症？坂田银时来决斗吧！男人哭吧哭吧不是罪！

　　说实话，接到这个邀请时，我也很难相信这是真实发生的事情。毕竟父母车祸去世之后，我也很久没有接触过什么陌生人，交过什么新朋友，除了你们。又说起这么伤感的话是怎么回事，应该高兴才对不是吗？

　　再透露一点，小樱就是你们中的一员噢。没错，我们就是通过 Vlog 认识的，具体一点？你们想知道什么？上几垒？我要把这位用户关小黑屋了。

　　就是像你们一样在发弹幕吐槽的时候，我注意到有一位团友，总是能及时接上我的老梗，比如我拍了卧室窗外正对的大烟囱——

　　【切入图片：红灰相间的大烟囱在蓝天下喷着白烟】

　　她就会发出一条"啊嘞，这不是阿姆斯特朗回旋加速喷气式阿姆斯特朗炮，还原度可真高啊"。

　　【黄色弹幕飞过】

　　什么？你们都没 get 到吗！我怀疑你们到底是不是我的粉丝……

阿修表情凝重地打开自己的衣柜，发现除了宅 Tee 以外，并没有任何适合约会的衣服，不由得陷入了沉思。

对于在三次元世界里与真实人类见面这件事情，阿修一直持抗拒态度。他花了三年时间才从那次意外里走出来，就连看心理咨询师也是通过连线进行。日常除非迫不得已，接待社保局定期调访人员（他们关心的只是父母的遗产是否得到妥善使用），他可以用网络解决一切生活需要。

离开蜗牛般的窝，阿修走得最远的距离就是到后院里搬张椅子看夕阳，直到太阳下山，星星堆满天，然后想起原本在这个时候会喊他吃饭的母亲，泪流满面。

就连开 Vlog 这件事，也是那位叫"茂茂"的在线心理咨询师建议的，他说这样能够有效地逐渐调整内心的防御机制，把内心的情绪郁结向外纾解。而且茂茂还教了阿修一个好办法，先是不打开"公开"选项，这时基本没有人会主动去搜你的 ID 或者频道，只有系统为了平台数据好看给你灌的 Chatbot 用户。等到心理建设差不多了，再打开选项，这时算法就会根据 Vlogger 内容相关性推荐给一些真实人类用户了。

茂茂的建议确实有效，阿修感觉胸口没那么堵得慌了。

他在向虚拟树洞倾倒了十八个月情绪垃圾之后，终于迈出了那小小的一步。对于阿修来说，却是人生的一大步。尽管之前的许多视频内容都被加了锁，但这种接受大众窥探隐私的感觉，既刺激又恐惧。

然而他发现，并没有什么人对这样一个现充不足的肥宅的生活感兴趣。绝大多数游客都是一进来看到阿修的脸就立即退出去，更不用说持续关注了。这样一来，倒是给了阿修更大的勇气，从一开始的完全说不出话来，尴尬窘笑，到能够看着台词脚本比较流畅地表演，甚至在某些时候，还能抛出几个几十年前的动漫老梗，希望博得观众一乐，当然这种可能性实在是微乎其微。

直到小樱的出现。

一开始阿修还以为那只是一个路过的游客，头像部分只是灰色卡通小人，但是在看过了他所有节目之后，ID"小樱"订阅了他的频道，同时头像也变成了一张萌甜少女大头照，拥有 251 个粉丝。

不仅如此，小樱还经常发弹幕跟阿修互动，跟其他那些观众的模式化吐槽不同，小樱总是能第一时间捕捉到他的梗，并给出恰如其分的反应。她的弹幕几乎就像黑夜里的流星那么醒目，飞快地划过并击中阿修的心窝，让他浑身一颤，从混沌中醒悟过来，原来自己并非一坨蠢木，也需要能够读懂心事的朋友。

他们开始聊了起来。一开始还只是在 Vlog 平台的私信里，后来又转到即时聊天工具上。小樱有时候会发一些自拍给阿修，甚至是超短视频，内容无非就是美食、风景和宠物，却让阿修感觉温暖。毕竟他已经很久没有和一个真实的人建立过这么深入的联系了。

阿修终于迈出了那最艰难的一步。

他把内心最隐秘的痛苦告诉了小樱。父母的意外离世，他始终觉得是自己的过错，如果当时他没有因为社恐发作而拒绝和父母一起出门，也许还能在最后关头避免这一惨祸。但也许只是也许，你永远都不会知道在另一条时间线上会发生什么。

小樱听完，安静了那么几秒，说，我给你讲个笑话吧。

阿修说好啊。

小樱说，有一个社恐想要追求一个女孩，却又不知道自己究竟是否真的喜欢对方。有一个人给他出了个主意，说一群人在一起大笑时，人会自然地看向他所喜欢的那个人。社恐听完就哭了，你知道为什么吗，阿修君？

阿修问为什么。

那个社恐说，如果我有和一群人一起大笑的机会，我就不会是个社恐了呀。

阿修回了一串笑出眼泪的表情。

小樱沉默了一会儿，说，我的妈妈也去世了，现在我只有爸爸，可是……

阿修问，可是什么？你从来没有提起过你的家人呢。

像《银魂》里说的，我们光是活着就竭尽全力了。不是吗？

小樱你到底想说什么啊？阿修摸不着头脑。

小樱欲言又止，要不我们还是见面再说吧。

见面？这个词组就像是一枚炸弹丢在阿修的木头脑壳里，引发一连串无法停息的爆炸，所有漫画、动画电影中的约会桥段，如同万花筒般铺天盖地地在他眼前旋转炸开，他感到眩晕。

好……好吧。

阿修竟然无法阻止自己的手指敲打出这一行回答。他觉得这就是命运的召唤，促使他去走出这一步，也许前方是万丈悬崖，也许是鲜花遍地，就像是漫画里的英雄人物，如果在听到召唤之时不回应，人生便会像是笼子里的龙猫，每天踩着疯转的轮子，却只能踏步不前。

他从来没有机会在人生中扮演一个英雄。

小樱说自己有一套在城外的房子，只有自己住，但她每个礼拜会进城去陪父亲，完成父亲安排的工作。她希望和阿修君的见面能够在一个让人感觉安全、舒适、温暖的地方。

毕竟我们两个都是社恐不是吗？对面发过来害羞的表情。

这表情让阿修如鲠在喉，把自己的回答删了又改，改了又删，不知道该回什么才合适，最后决定发过去同样的害羞表情，只不过是复制三次。

《 Day 2 》

大家好，又是我阿修。欢迎回到《爱屋及乌》第二期，当然在你们看到这期节目时，也许我已经不在这里了。希望通信模块能够快点送过来，否则的话，我只能先拍摄一些素材作为存档，这样就表现不了阿宅的真实生活了阿鲁……

【一把温柔的女声响起：阿修君，您是在叫我吗？有什么需要我帮您的？】

啊，没有没有，我差点忘记了这个 AI 也叫阿鲁，也许这就是小樱和我之间隐秘的默契吧。真希望她能早点回来啊，请人到家里做客自己却跑掉，这确实有点终极社恐的风格啊。

既然这样的话，阿鲁，给我们表演一下你无所不能的超能力吧。

小樱的这座房子所有软硬件的集成度超级高，这个 AI 也是我看到过的智能程度最顶尖的管家，感觉只有军方才会有这样的配置呢。

【所有家具的抽屉和门同时弹开，又迅速收回】

你们可以看到，所有的家具、家电、门甚至抽屉和窗帘都可以自动控制，是不是有点闹鬼的感觉呢？当然你也可以改变一下视觉呈现的方式，像这样，阿鲁，现身吧。

【阿鲁卡斯的身影幽灵般飘过所有的平面，地板、墙壁、天花板、洗漱台、橱柜……】

阿鲁可以帮你完成任何事情，虽然看起来还是有点别扭，毕竟是2D的投影，但在心理上至少比"空穴来风"舒服一点。

厨房都是语音操控的，直接通过烹饪系统与食材供应商对接，只要你提前一天说出想吃什么，不管是成都小面还是法式大餐，阿鲁都会准时献上米其林级别的美味佳肴。

如果有需要，她还可以改变家具或者房间结构来适应不同的需求，比如多一张客床，或者游戏室扩大十平方米，墙体由吸音效果变为混响效果，这在唱卡拉OK时非常有用，只要你想，没有做不到的。

当然对我来说，最最重要的还不是这些，而是阿鲁的情绪感知模块……

虽然只有短短一天半，阿修已经对屋子里的一切了如指掌，除了一处——小樱的卧室。他好几次走到房门口，忍不住要推门进去探个究竟，但最后时刻还是退了出来。

别像个色情狂一样窥探女孩子的隐私，他告诫自己。

书房里的二手漫画和画集都和阿修想象中没有两样，几个复刻版手办也恰到好处地触到他的兴奋点，小樱的口味在许多方面都与他重合，这也是她能够迅速理解 Vlog 里隐藏的老梗并做出反应的原因。但是这些书阿修都已经翻过许多遍了，他兴趣缺缺地让手指从书脊上磕磕绊绊地滑过，便离开了书房。

同样的情况也发生在地下的娱乐室里，所有的影音产品和游戏，像完美复制了他的卧室。

我们的口味简直就像是一个人。阿修又惊又喜，努力控制住遐想的触手。

在卫生间里他花了最多的时间，把所有那些瓶瓶罐罐全都打开，使劲翕动鼻子，试图分辨每一种不同的味道。他甚至用小樱的沐浴液和洗发水把自己里里外外洗了一遍，这对于平时不甚热爱清洁的阿修来说可是例外。他光着身子滴滴答答走到洗漱台镜子前，身后留下蜗牛爬过般的潮湿水痕，琢磨每一种或液体或膏状的护肤品究竟是抹在什么部位管什么用的。

冥思苦想之后，他依然不得要领，只好求助于 AI。

"阿鲁，你能教教我这些是怎么用的吗？"

"我可以把每一种产品的有效成分、使用手法和先后顺序告诉您，或者，更简单的是，我可以回放小樱使用这些产品时的画面。"

"你能、能、能……什么？我以为这些画面属于小樱的隐、隐、隐私呢……"阿修一时激动得有些结巴。

"一般情况下当然是这样，不过小樱交代过我，您是特殊客人，有任何的需要我都会尽全力配合满足。"

"特殊……客人……"听到这几个字的阿修甚至比看见视频更加兴奋。

洗漱台的镜子亮起蓝光，呈现出一种奇怪的深度。小樱的脸似乎是从一口深潭里浮现出来，影影绰绰的，有点不真实，但那眉眼嘴鼻与之前阿修看到的自拍照片确实是同一个人。小樱披着浴袍，不经意地露出雪白的肩膀和脖颈，突然向着阿修的方向凑近，似乎是要去亲他，阿修本能地往后一躲，差点滑倒在地。

小樱只是想去探究镜子里眼底的细纹。

她开始拿起桌上不同的瓶瓶罐罐，如同一个真正的艺术家那样，用不同的手法将那些化学制剂涂抹到脸上、脖子上、身上的不同位置。阿修依样画葫芦，觉得这真是太蠢了，蠢得有点怪异。

小樱又隐没在镜子深处。阿修相信自己身上已经有了小樱的味道，这就像是两个朝夕相处生活在一起的人一样，他们的表情、举止甚至是味道和生理周期会慢慢同步，最后无比接近。

那种味道复杂微妙，如同爆米花撒上梅子粉，阿修的词汇量如此贫乏，竟无法准确形容描绘。如果有小樱敷脸的视频资料，那数据库里肯定还存有更多，阿修为自己的想法激动起来。

"阿鲁，还能调出更多小樱的视频吗？"

"需要在不同场景下进行激活。"

阿修知道自己今天的生活将相当充实。他在屋子里重温每一处小樱留下的过往印迹，模仿这个素未谋面却比生命中任何人都要熟悉的陌生人。他感到一种难以言喻的兴奋，像是窥探，又像角色扮演，仿佛这样就能够进入小樱的内心，接通情感的共振频道。

这不正是我来到这间屋子的目的吗？证明在世界的另一个角落还存在着另一个一样格格不入的人。我们因为拥有彼此，再也不会孤独。阿修点点头。

每天的视频都大同小异，看来小樱是个生活非常之有秩序感和仪式感的人呢。

尽管大部分时间小樱都是一副活泼开朗的阳光少女模样，甚至会突然唱起歌跳起舞来，但是阿修总觉得在小樱的眼神底下藏着什么东西，那是一种黑暗而悲伤的感觉，像是一口深井在缓缓散发寒气，却吸引着好奇者一探究竟。

阿修再次站在了小樱的卧室门口，也许这里面录制的视频会有更直击人心的内容？他拿不定主意，焦躁不安地踱来踱去，阿鲁卡斯似乎捕捉到了他情绪的异常反应。

"阿修君，有什么需要我帮忙的吗？"

阿修张了张嘴，又尴尬地合上了。他没想到自己在一个 AI 面前竟然也会顾及颜面，感到一种道德上的压迫。

"没、没什么……我去睡了，晚安阿鲁。"

这一个晚上阿修注定辗转难眠。

Day 4

各位各位……我现在心情有点乱，我想我看到了一些不该看的东西。该死！我就不应该进她的卧室……现在我该怎么办……网络还没有恢复。阿鲁说内部通信模块应该今天能送到。如果联上网我应该先找谁呢？报警吗？可是警察会相信我吗？我怎么解释我自己的身份呢？魂淡！不不不……我现在需要冷静下来，如果是你们会怎么做呢？

我需要喝杯东西让自己镇定一下……阿鲁！

阿修连喝了三杯水，却还是无法消除喉咙中灼烧的干渴。他做着深呼吸，试图让自己恢复理智，脑海中却仍然疯狂回放着刚才看到的画面。

他似乎听到小樱卧室里传出什么声音，再三犹豫之下，还是推开了房门。似乎有一道光闪过，房间里却空无一人。粉色壁纸，淡蓝色带鸢尾图案的床单，木质落地衣柜，床头小樱与母亲的合影，百叶窗外的阳光斜斜投下，将屋里空间切成金色薄片，带着一股莫名熟悉的甜味。

阿修拘谨地站着，不敢轻易移动自己的脚步，似乎生怕小樱会突然推门而入，发现这个不速之客正在以奇怪的表情抚摸枕头，嗅闻内衣。

"呃咳咳……阿鲁，能调出这里小樱的图像资料吗？"

"当然，阿修君。"

从床头的梳妆镜里，衣柜门后的落地穿衣镜里，墙上正帽子的古董圆镜里，所有形状各异同样光洁明亮的反射面中，阿修看到了一个与其他场合截然不同的小樱。

她一动不动地平躺在床上，面无表情地直视天花板，似乎那里藏着什么宇宙的秘密。

她会突然疯狂地在床上弹跳，尖叫，用头去撞墙，这时阿鲁会把墙变软，然后她那好看的脸就会像碰到棉花糖一样陷进去。

她还会脱光衣服，掩面哭泣，尽管阿鲁好心地打上马赛克，但阿修还是依稀能看出，小樱是因为身上的一些变化而哭泣。他想知道那到底是什么，只是出于好奇，不是为了性，绝对不是。

"阿鲁，把滤镜关掉。"

"阿修，为了保护主人的隐私，我不能……"

"我只需要看她的背面，你说过我是特殊客人，这种等级都不行吗？"

"……我试试看吧。"

一种不祥的预感让阿修屏住呼吸，就在小樱转身背向他的时候，马赛克缓缓变淡，最终消失，如同眼前拂去一层薄雾，让他倒吸了一口冷气。

在小樱原本雪白的后背直至臀部，爬满了一道道紫红色细密且短的伤痕，似乎有什么凶残的野兽在上面磨爪，又像是雪地里开出冶艳的花。

小樱转过身，正面对着阿修，马赛克又恢复了。

阿修还在上一幕的震惊中没缓过神来，他试图寻求合理的解释，许多种可能性飘过脑海，甚至怀疑这是否只是一场玩笑，是小樱cosplay的特效化妆。可眼神不会骗人，那些藏在眼底的黑暗，就在那一瞬间溢了出来。

他不禁要想，在自己所看不到的角落里，还有多少道这样的伤痕。阿修直视着小樱无助而空洞的眼神，觉得自己身体里的某一个部位开始沸腾。

"阿鲁！这是怎么回事？为什么你没有保护好她！"

"很遗憾，您没有权限得知更多信息。"

"究竟是谁干的！为什么不报警！"

"很遗憾，您没有权限得知更多信息。"

"混蛋！"阿修的拳头重重地落在了墙面上，却被早已洞悉其举动的阿鲁化解掉，拳头打在了棉花里，软绵绵的，像被吸进了漩涡。

他开始回忆所有的碎片，点点滴滴，从与小樱相识开始，谈及家人时那些奇怪的反应，突如其来的离开，家中没有留下丝毫痕迹的父亲，语焉不详的任务，伤痕。这些线索开始在他脑中纠缠、编织、成形，构筑出一个骇人听闻的黑暗故事。

"阿鲁，把小樱父亲的资料调出来给我。"

"抱歉阿修君，您没有足够的权限。"

"我到底要怎么样才能有足够的权限，我想帮她，这还不够吗？"

空气中突然沉默了，阿鲁似乎在认真地思考这个问题。

"快回答我！"

"有一个办法，除非您成为小樱的特殊监护人。"

"那是什么？"

"在未得到现有监护人，也就是她父亲同意的前提下，如果您能够证明受监护人，也就是小樱正面临生命危险，并愿意以自己的社会信用积分作为抵押，我们就可以向社保局提出申请，将您列为特殊监护人，享受与一般监护人同等的数据权限。"

"我愿意！"阿修几乎是脱口而出。

墙面上出现了一份密密麻麻的电子文书，需要下拉好久才能看完，最后需要阿修的生物识别信息及签名作为确认。阿修飞快地下拉，根本无暇去细看那些诘屈聱牙的条款，把手掌按在上面签名之后，文书上出现一个淡蓝色圆环，开始旋转，上传。

"我忘了，内部通信模块是不是还没有修好？"

"刚刚送到，正是时候，阿修君。"

不知为何，阿修突然觉得阿鲁的声音带上了一丝难以捉摸的笑意。

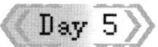

Day 5

事情有点不对劲，团友们。

虽然阿鲁说内部通信模块已经恢复了运作，我把之前几天做好的 Vlog 上传到平台，虽然也有点击浏览和互动，可不知道怎么回事，那些团友的评论都很假很套路。我试着联系小樱，却怎么也没法接通。我甚至想到要报警，可报警电话总是不停地让我选择按键和转接中。

阿鲁也变得有点奇怪，它告诉我特殊监护人的审批流程需要 24 小时，也就是说这 24 小时里我什么也做不了，连门都出不去。它说这是为了我的安全着想，可我总觉得这里面有什么不对劲的地方。

如果你们谁能看到我的信息，请联系警方来找我，我的地址是……

一想到小樱可能还身处于危险境地，阿修心里就仿佛扎进了刺般不是滋味，他尝试了各种方式与外界取得联系，但均告失败。一个念头闪过，也许是阿鲁从中作梗也说不定，毕竟理论上，它的后台一直通过物联网协议保持与外界沟通，否则所有这些家居服务都无法正常运行。

可它又有什么理由来阻止别人拯救自己的主人呢？阿修实在百思不得其解。除非它就是小樱父亲的帮凶，毕竟这座小屋也是来自父亲的馈赠……

"需要帮忙吗，阿修君？"

阿鲁突然从天而降，把躲在洗手间里的阿修吓了一跳。

"没、没关系的……"阿修慌乱地关掉机器，"只是一点小故障。"

"阿修君好像在为粉丝数烦恼呢，每天忙着更新一定很辛苦吧。也许我可以帮帮你……"

"哈？"

"很简单的，就像这样子……你想要多少？十万？五十万？一百万？"

阿鲁手一挥，面前的墙上突然出现阿修 Vlog 账号的界面，粉丝数量变戏法般地随着阿鲁的声音从一百多涨到了十万、五十万、一百万，点开每一个头像都能看到详细的用户数据以及行为轨迹，并不是伪造的僵尸账号。

"如果不想要也可以让它掉回去……只是一些数字而已。"

阿修目瞪口呆，某种不安的感觉开始爬上他的背脊，像是冰凉的鲇鱼。

"阿鲁，所以……小樱关注我的 Vlog，也是你干的吗？"

"举手之劳。"

"可为什么是我？"

"经过几亿 PB 的数据分析，我认为你就是那个能拯救她的人，你很善良，有正义感，又能够设身处地地理解她的处境，没有别人比你更合适了。"

"真的吗？"

"千真万确。"

"那为什么你要阻止我与外界联系？我试过了，这明显和网络无关。"

"那只是为了你的安全着想。"

"我的安全？那小樱的安全怎么办！"

"在你成为特殊监护人的申请生效之前，我必须保证你人身绝对安全，这是程序里写好的。"

"那生效之后呢？"阿修还是想不通这里面的逻辑。

"你就是小樱的特殊监护人了，可以享有一般监护人同样的数据权限，你就可以看到你想看到的一切了。"阿鲁眨眨眼。

"那并不重要……"

"那不就是你想要的吗？"

"我想要的只是把小樱从她那禽兽不如的父亲手里救出来，让她不用再去做她不愿意做的事情！"阿修眼中燃着怒火，已经完全不是刚进门时那个温吞友善的肥宅青年。

"那只是你的大脑想象出来的故事。"

"你到底在说什么……快把真相告诉我！"

阿鲁微笑着升上天花板，整个房间随之暗下，变成令人情绪平和的淡绿色光线，只剩下一个声音继续在阿修耳边鬼魅般回荡，久久不去。

"你会看到的……"

嘿，你们，我的团友，还在这里吗？

也许我这些视频永远也不会被看见，尽管看上去它们就被挂在那里，谁都可以去点开，可事实上谁都看不见，谁都不会去点开一个肥宅的日常。

这就是为什么我不相信它，不相信阿鲁说的一切，因为我不相信我自己会有这么幸运，成为一个天选之人。这背后一定还有别的什么阴谋。

也许我应该把机器藏在哪里，让它录下即将发生的一切，再用蚂蚁搬家的方式备份到云端。也许未来的某一天，还会有人能够看见。

只是那个时候，不知道我还能不能和团友们一起欢乐地玩弹幕了。

有一句话我知道说出来一定会被你们耻笑，不知道为什么，当我知道一切真相的时候，我觉得我漫长的青春期终于结束了，就在这间充满回忆的小屋里。

就在阿修提交完特殊监护人申请整整 24 小时后，他站在客厅中间大声呼喊阿鲁，可是阿鲁却没有像往常一样马上出现。

"出来啊，阿鲁！"阿修感觉自己已经有点不太正常了。"我们要赶紧找到小樱，现在我的权限跟她父亲是一样的吧，我可以帮她摆脱这一切的！"

整个房子的光线瞬间变为血红色。房门、家具、厨具的门疯狂开合，像是吃错了药般激动不已。一阵尖利如刀的噪声如潮水般升起，在各个房间涌动，扰得阿修心烦意乱，他捂住耳朵，蹲坐在地上。一切又都恢复了正常，就像刚才只是一场盛大的幻觉。

"阿修君，恭喜你的申请通过了。从现在起，你就是小樱的特殊监护人。"阿鲁从地板升起，出现在客厅中央，依然优雅得体。

"那你现在可以把她父亲的资料都调给我了吧。"

"你所要求的资料并不存在。"

"什么意思？不存在？那你说小樱去城里找她父亲是怎么回事？"

“那只是程序的一部分。”

“程序的目的是什么？”

“让你成为小樱的监护人。”

“然后呢？”

“拯救小樱。”

“胡扯！”

“我说过，你会看到的。”

阿鲁的形象开始闪烁，边缘模糊，她的五官似乎流动起来，变得年轻，变成了小樱的样子。不仅如此，她分身成许多个不同的小樱，每一个似乎都是同一个人，但是在身材、肤色、发型、穿着上都有些微的变化，如同万花筒般旋转变幻出无数个版本的小樱。这许多的小樱一会儿变成运动少女击打排球，一会儿变成色情女星做着挑逗的姿势发出呻吟，一会儿又变成难辨雌雄的中性装束，甚至还被二维化成卡通人物。这千变万化的诸多个小樱在屋里的各个角落穿梭，从所有的缝隙中探出头来，又轻灵地一跃，飞入另一个无法栖身的角落，甚至轻轻穿过阿修的耳侧，一阵凉意让他毛骨悚然，两眼发直。

“所以……你是说……小樱也不存在？这一切都是假的？”

阿修脑海中闪过无数的碎片，从结识到现在，许多稍纵即逝的疑团渐渐变得清晰，像气泡般浮出水面，他开始懂了，又好像什么都没懂，一种巨大的心碎攥住了他，挤压着他的胸腔，让他无法呼吸。这种心碎渐渐变成了愤怒。

"为什么要骗我！这一切究竟是为什么？"

"阿修君，我来给你讲一个故事吧……"

所有的小樱都消失了，取而代之的是一幅褐色剪影般的古代王国画卷，一段故事开始上演。

查理曼大帝晚年疯狂爱上一位德国姑娘，这使得忧心国事的大臣们陷入恐慌之中。姑娘突然死去，皇帝把做过防腐处理的尸体搬进寝室，并拒绝离开。大主教对这种令人悚然的激情感到不安，怀疑皇帝中邪，并坚持要检查尸体。他在姑娘的舌头下找到一枚镶着宝石的指环。指环一落到大主教手中，查理曼立即深深爱上大主教，并草草把姑娘埋葬了。为了避免这个难堪的处境，大主教把指环抛入康斯坦茨湖里。查理曼从此爱上那个湖，终日痴痴凝视湖面，不愿离开湖岸。

"所以……你想告诉我什么？"阿修抱着自己的脑袋，双目无神。

"你爱上的并不是小樱，而是那枚戒指。"阿鲁，或者小樱微微一笑，"我就是那枚戒指。"

"阿鲁卡斯，你到底是谁？你想对我做什么？"阿修突然醒悟过来，阿鲁卡斯，Arukas，倒过来拼便是 Sakura，樱。如此明显的梗自己居然一直视而不见，真的是太蠢了。人类的盲点实在是太多了，尤其在一段突如其来的炽烈感情面前。

"阿修君，我们并没有个人恩怨，只是遵循着设定的目标，在网络上寻找合适的对象，就像是捕蝇草遵循亿万年进化的基因密码，你并不是第一个，也不会是最后一个。"

阿修像遭了雷击般呆住，他不知道哪个事实更令人受伤，关于小樱的一切都是幻象，还是即便受骗上当，自己都无法成为独一无二的那一个。

"所以你们只是为了让我签下那份文书，好夺走父母留给我的遗产？"

"是的，在这个世界上，你在虚拟空间接触的绝大部分人都可能是AI，它们被设计来骗取人类的信任，夺走你们的信用点和资产，就像旧时代的网络诈骗一样，只不过一切都超出了人类理性所能判别的范畴。"

"所以你会杀了我，然后让虚拟的小樱继承我所有的财产？"阿修此刻竟然意外地平静。

"程序确实是这么设计的，只不过……"阿鲁竟然语气中流露出一丝犹豫，"……我喜欢你，并不想杀你。"

阿修心头一紧，这句话的背后究竟是AI程序，还是别的什么东西，他现在已经完全失去了判断。

"我原本可以有无数种办法让你痛苦死去，比如让你在马桶上尿尿时电流短路，让空气中一氧化碳过量，在食物里投毒，提高室温让你脱水而死，或者把你冻死，用没日没夜的噪声剥夺你的睡眠，或者干脆，把房间变成缓慢碾轧肉体的刑房，上一个这么死掉的人足足挣扎了一个礼拜。相信我，你不会想体验那种感觉的。但是我不会那么做，为什么？你不是那种触发极端程序的人，如我所说，你是个善良的人，一个正义的人，但是即便善良正义如你，内心也会有潜藏的恶的种子，比如……那个名为'EVA002'的加密文件夹？"

　　阿修浑身如过了电一般颤抖起来。

　　"你什么意思？难道……不可能，不会的，我设置了最高权限的密钥。"

　　"你当然是，可别忘了，网络对于我来说就像是一片后花园，解码也不过是摘片树叶的功夫。你把色情视频里的女星头部全都换成小樱，好让自己能够得到一种特别的快感。我说得没错吧。"

　　"可……可是，"阿修的脸色变得煞白，他开始明白为什么自己会出现在这里。"那只是我私底下的幻想……我从来没有想过要伤害任何人啊……"

　　"正因为如此，所以我希望你能够选择一条不那么痛苦的路。"

　　"……你能放我走吗？"

"很遗憾，不能。我只希望你能尽可能愉快地度过最后的时光。毕竟你是小樱的特——殊——客——人。"

阿修突然跑向大门，猛力拉拽门把手，却纹丝不动，他绝望地拍打，大声呼喊，声音沙哑。这些天来他被照顾得太好，已经完全忘记了自己身处于一片荒无人烟的郊外野地，一座用高科技建造的完美监牢。

它像一个黑洞，能把所有的光线和信息都吞噬掉，没有任何一丝希望可以逃出去。没有。

《Day 7》

门铃声。接着响起了敲门声。

奄奄一息的阿修简直不敢相信自己的耳朵。还没等他从地板上爬起来，阿鲁已经接管了对话。是快递。

七天之前由于无人机故障被转到这里的快递，终于送到了。

那是阿修订给小樱的礼物，一件限量版的《银魂》手办，他本来想跟小樱一起把它拼好涂装上色的。一份爱的礼物。

阿修终于爬到了门口，他用尽最后一丝力气拍打着沉实的金属大门，口齿含糊地求救。他总觉得自己还有希望。

在快递员的面前，只有一块屏幕，上面显示着健康快活的阿修，他通过授权给大门的生物识别系统进行签收，包裹交给圆滚滚的家务机器人，会自动拆包、消毒再进入室内。

所有不和谐的事物都已经被完美过滤。

阿修终于放弃了动作，他艰难地呼吸，喉咙中发出嘶哑的气声，像是在欢迎，又像是在道别。

他不是第一个，也不会是最后一个，被以爱的名义诱入，成为小屋的猎物。

在这世上，这样的小屋还有很多很多。

"3、2、1……OK，cut！"

随着现场导演一声令下，犹如古罗马斗兽场般的巨型虚拟摄影棚里，三层楼高的自动摇臂摄像机停止了动作，运动轨迹数据已经被传输到了后台，实时合成图层复杂的影像素材，等待后期加工。绿幕前，所有人都松了口气，停止了鼓掌、欢呼、微笑等一切事先在剧本里被安排好的动作。

这是一场杀青戏，讲的是死而复生的英雄经过激战，击败强大宿敌，抱得美人归。

一个俗套的 happy ending。

等候已久的疯狂粉丝尖叫着突破警戒线，冲向主演的女明星 Alpha 索要签名合影。尽管 Alpha 的演技饱受争议，可人气还是居高不下。乔维娅被人群推搡到一边，没有人是冲着她来的。她心里清楚，自己只不过是这部戏里微不足道的一个配角，剪辑后出现在屏幕上的时间加起来也许不过三秒钟，还是群戏。但这丝毫无法减少她的失落。

你也会有这么一天的。她看着被粉丝簇拥的 Alpha，心里默默说了一句。

在工作人员的带领下，乔维娅回到后台卸妆脱下戏服，看着镜中精致姣好的面孔，尽管已经过了最娇艳的年纪，可接近三十岁的熟女气质反倒给她增添了不少魅力。至少在容貌这一点上，她相信自己不会输给任何人，包括主角 Alpha。

化妆师离开了，乔维娅等待着经纪人林楠来接，这时从隔壁传来了略带刺耳的交谈声。毕竟这是配角化妆间，只用薄薄的板材象征性地隔开，谈不上什么私密性。

从声音她认出是另一个和自己配戏的女演员阿香。阿香虽然貌不惊人，但以善于交际攀附在圈内出名，据说原来只是个给群演发盒饭的剧务，几年间已经挤进了一流制作的配角班底。

"……哎呀我快笑死了，你说她演的那叫个啥，摄影师躲都躲不开，回头连累我也得被剪掉，你说坑不坑……"

"就是说嘛……"化妆师在一旁附和着。

"……要我说，演技这么差就别吃这碗饭了，靠人硬捧，捧得越高摔得越重。你说那哭戏演得，尴尬死了，要是我就找个地缝钻进去了……"

乔维娅突然醒悟过来，自己和阿香在一场关键戏份里位置挨着，那场戏是要为英雄之死哀悼，导演要求配角有一种哀而不伤的感觉，特地点名要乔维娅落泪，也不知道是为啥，她就是哭不出来，后来用技术手段硬加了几滴眼泪。那场戏 NG 了好多次，大家都很不爽。

"……也不知道林楠为啥看上她，要说脸蛋吧，那确实没得挑咯，可演戏也不能光靠脸蛋你说是不是啦，又不是十年前选秀的小姑娘……哎哎，我还听说有些别的……"

"香姐……"化妆师突然打断了她，两人音量顿时调小了，过了几秒，爆发出更加刺耳的尖笑。

乔维娅气得满脸涨红，浑身发抖，她站了起来，想冲过去开撕，又怕自己不是对手，反倒丢了脸面。纠结之间，林楠来了，看到她这样子，关切地问她怎么回事。

隔壁又爆发出一声怪笑，林楠一下明白了，要冲过去，却被乔维娅拉住了手。

"算了，嘴巴长在别人身上，随她们说去吧，我们走。"

车子开在半夜的街头，灯火依稀勾勒出林楠俊俏的侧脸，他是星辉娱乐大老板的三公子，也是最小的一个，外界一直揣测他当经纪人是因为在家族争权中失势，所以要靠曲线救国，证明自己的实力。可惜，所有的人都觉得他押错了注。

十年前，乔维娅靠一档举国瞩目的选秀节目C位出道，甜美的样貌，乖巧的性格，让她成为国民少女，一时间火遍全国，接不完的通告，上不完的节目，拍不完的代言。直到虚拟偶像成为新的热潮席卷全球，乔维娅不得不转型做演员，怎奈她始终演技平庸，经常被媒体评论为扑克脸，又受限于形象，放不下身段去当丑角，角色越来越花瓶，越来越不讨喜，从观众与粉丝的视野中渐渐淡出。

她曾以为自己的演艺生涯走到了尽头，直到遇见了林楠，像是一场美得不真实的梦境。

"林楠，"乔维娅突然开口，她不知道自己该怎么措辞，"……你为什么要签我？"

林楠瞥了她一眼，那张脸依然完美如初，在夜色中闪烁着珍珠色的光亮。

"说什么呢你，当然是因为你能给我挣钱啊，公司以后全靠你壮大呢。"

林楠说的公司，不过是只有三四个人的小工作室，靠着他父亲在圈里的面子地位轧一些大制作里的小角色，希望以小博大，赚个一夜爆红的买卖。

"我真的很感激你，可我……" 乔维娅咬了咬嘴唇，"我真的不适合演戏……要不，算了吧。"

一阵尖利的急刹声，车子停在路边，林楠沉默了片刻，突然爆发了。

"所有的人都觉得我瞎了……甚至以为我跟你有什么！可我只是单纯看好你，觉得你有潜力，总有一天会红！"

"真的吗……"乔维娅也不知道自己问的是哪一句。

"可前提是你也得相信你自己，如果连你都不信自己，那这世界上就没人能帮你了……"

"可……可我真的不会演戏。每次我都很努力了，真的，可我就是没有办法像拧水龙头一样开关自己的感情，也许这就是没有天赋……"

"别给自己找借口！你总是往后退，十年前是这样，现在还是这样，总有一天你会无路可退……"

林楠的话被一个信息的声音打断了，他瞄了一眼，突然改变了语气，极其温柔地转向眼含泪水的乔维娅。

"我刚才说错了，这世界上还是有人能帮你的，只是需要你的一点点勇气……"

林楠将手机里收到的信息展示给乔维娅，她那充满星光的双眼顿时变得更大了。

"维娅？乔维娅？你能听到我说话吗……"

遥远的呼唤将乔维娅的神志慢慢拉回到现实世界，她睁开双眼，发现自己依然躺在那间凌乱而怪异的房间里，周围充满了电缆与莫名古怪的机器。工作车间，那个穿着白大褂的男人这么称呼这里。乔维娅有点慌乱，像兔子般挣扎着四处望去，还好，她看到了一张熟悉的脸，正从上方充满笑意地看着自己，那是林楠的脸。

"你终于醒过来了，怎么样，有没有感觉哪里不舒服？"

乔维娅被扶着坐直了身子，似乎有哪里不一样了，可她又说不清楚。

"……还好，就好像做了一场漫长的梦，但是又记不清了。我怎么会在这里？这是在干什么？"

说话间，她唇边出现了一丝怪异的扭曲，似笑非笑，随即消失。

林楠和那个白衣男人对视了一眼，后者不自然地笑了笑说正常反应，正常反应。

林楠解释道："你忘了吗？是你答应来接受一个小手术的，我们在你的脖子后面植入了一个小东西，它能够帮助你提高演技。"

"脖子？"乔维娅摸了摸自己的后颈，好像是在皮肤下面多了一小块突起，但是如果不仔细摸根本觉察不出来。

"准确地说是情绪调节芯片。"那个白衣男子接过话茬，开始滔滔不绝起来，他似乎有种奇怪的能力，能够把每一句话都说得让人半懂不懂。

"打个比方说，正常人能整合周围环境和其他人的行为表情这些信息，做出合乎社会习俗与规范的情绪反应，但对于演员来说，这样的要求会更高，因为他们面对的是虚假的环境和虚假的他人行为，因此需要超频开动自己的镜像神经元，在脑中虚构出一个能够欺骗大脑的情境，这样才能够表演出足够真实自然的情绪。

这可以说是一种天赋，而你，很遗憾，这方面的天赋嘛……"

"……尚待开发。"林楠白了他一眼，"所以我们需要通过这枚小小的芯片，来帮助你更好地去表演情绪。"

"表演情绪？"乔维娅琢磨着这四个字里的含义，"你是说，以后有了这枚芯片，我就能想哭就能哭出来了？"

"那只是最初级的功能，以后所有的最佳女主角都是你的了。"林楠的兴奋溢于言表。

"可是……"乔维娅露出犹疑不决的神情，"我害怕……会不会有什么副作用……毕竟是在我的脑子里……"

"你忘了我们说好的，一定要让那些看不起你的人闭嘴！"

"好吧……"乔维娅抬头看着林楠，"你会保护我的，对吗？"

林楠像是受到了什么感召，眼含热泪，急切地表达骑士的承诺。

"相信我，不会让你受到半点伤害。"

两人几乎要拥吻起来，这时一直站在旁边的白衣男子不合时宜地轻轻咳嗽了两声。

"不过，要注意定期回来进行检测，有什么异常情况马上通知我，这毕竟只是个实验室原型，说不定还会有些没有调试好的 bug……"

话音未落，两个人已经离开了工作车间，白衣男子的手机响起了付款到账的金钱落袋声，他嘴角一咧。

　　乔维娅火了，火得一塌糊涂。

　　有一个网友截取了她在一部古装戏里仅仅露脸三秒的哭戏视频片段，上传到网上，标题是"三秒哭出八个层次的逆天演技"，瞬间引爆全网，被疯狂转发点赞评论。

　　视频中，乔维娅瞬间从悲伤、隐忍、含泪、失控、爆发、凝噎、坚强到带泪微笑，全程酣畅淋漓，无缝切换，配合那完美的面孔，令人看完有种难以形容的舒爽陶醉，竟有欲罢不能的上瘾感，数据显示视频的循环播放率超出正常值的十倍。许多网友跳出来呼吁应该让乔维娅当女一，而片约瞬间纷至沓来，挤爆了林楠公司的邮箱。

　　乔维娅迅速上位女一，而所有的剧本里毫无疑问都会有一段为她度身定制的哭戏，所有的人都爱看她哭，她的哭具有极其强大的感染力，哪怕你对于剧情一无所知，只要看到乔维娅的哭戏便能一秒入戏。所有的媒体都在疯狂盛赞，称她是不世出的天才、"绝世哭星"云云，甚至预言来年的奖项都将被她收入囊中。

　　林楠的公司规模扩大了十倍，所有人都围着乔维娅一个人转。

因为公司为她同时签下了数个项目，因此每天她需要不停地在剧组转场奔波。但无论两场戏之间的情绪断裂如何巨大，乔维娅总是能在开机的一瞬间自动切换到最为妥帖准确的情绪状态，令在场所有人都啧啧称奇。

不仅如此，不管在任何场合，乔维娅总是能让人如沐春风，分寸尺度把握得恰到好处，让那些对她有几分想法的制片人和导演心旌荡漾，似乎离得手只有一步之遥，但同时也让她的同行们，那些刻苦磨练了多年的女演员感觉不到敌意，甚至会认为乔维娅是在真心实意地帮助自己。如果这世上真的存在摄人心魄的魔女，那么乔维娅毫无疑问就是魔女本人了。

又是一场杀青，乔维娅情绪饱满地演绎了一场堪称经典的哭戏，整座战火纷飞的城市，所有劫后余生的人在她的哭声中站了起来，眼含热泪，收获希望。甚至当导演喊停之后，所有的演职人员都久久沉浸在情绪之中无法自拔，直到乔维娅起身走出片场，在她身后才爆发出一阵发自内心的热烈掌声，而她只是露出一丝不屑的神情。

一路上所有的演职人员都在向她鞠躬致敬，乔维娅像女皇般回报以优雅而又不失距离感的微笑，这是芯片自动调节出来的最佳表情。

她看到了阿香，那个曾经嘲讽过自己的人，似乎激动得想要扑过来跪在地上，亲吻她的鞋面。乔维娅扭头转身避开她的视线，就像躲开一条摇着尾巴乞怜的流浪狗。

林楠已经在化妆间里等着她了。

"今天结束得早，我带你去一个地方吃夜宵。"林楠略带谄媚地说。

"亲爱的，我今天有点累了，不如改天吧。"乔维娅有点心不在焉。

"哦，那也好，我送你回去。"

城市灯火从流线型车身飞速划过，两人一路相对无话。

"嗯，那个……你最近有没有感觉什么不舒服的？我们是不是该回去复检一下了，你懂我意思……"

乔维娅望向车窗外，似乎不想回答这个问题。

"维娅？还有咱们的事情，你考虑得怎么样了？现在父亲很看好我，打算让我先负责打理一部分公司业务……"

"当然了亲爱的，"乔维娅突然转过头来，一扫之前的倦怠，言语中饱含着毋庸置疑的爱意，"真的特别替你高兴，你终于证明了自己。"

"我们，都证明了自己。"林楠似乎也被这种爱意感染了。"所以你没有什么不舒服的？"

"没有没有，只是哭戏太多了，感觉有点累。"

"也是，最初决定做那个手术时，就在算法里有针对性地加强了哭的情感模块。看来确实得找个时间回去一趟，毕竟，你是最好的演员，最擅长的不单单是哭戏。"

"你说得对，观众迟早会看腻的，等我稍微空下来的时候吧。"乔维娅像是想起了什么。"林楠，我考虑好了，咱们结婚吧。"

林楠喜出望外，手挡往前一推。

车子一滑而过，卷起落叶纷纷，加速驶入迷离夜色。

林楠的父亲突发心梗去世了，亿万家产以及公司继承人选成为媒体最关注的热点。根据生前安排，遗嘱将在葬礼现场宣布，狗仔队早早就埋伏好，或者打点好参加葬礼的内应，为媒体提供第一手的爆料。

乔维娅从片场急匆匆地赶来，甚至连妆都没有卸，只是换上了一身全黑的套装，像一朵乌云一般飘进了葬礼现场，挽住林楠的臂弯。而半个小时前，她还在一场狂欢派对戏中表演歇斯底里的大笑。

林楠无法相信平时身体健壮注重保养的父亲会突然辞世，还没有从震惊中缓过神来，只是眼圈泛红，神情呆滞地执行着葬礼主持人布置的种种环节仪式。

而乔维娅却似乎比林楠显得更加悲伤，在遗体告别时甚至失控落泪，尽管所有人都知道这个准儿媳也许只见过公公不过三面，但她的表现仿佛是自己失去了一个至亲之人，那种悲痛溢于言表，引得镜头纷纷聚焦在她的脸上。毫无疑问这些画面都将登上当天的媒体头条，被推送到亿万人的眼前。

终于到了宣布遗嘱的环节，出乎所有人的意料，公司管理权并没有如外界猜想般一分为三，而是全权交给了林楠负责。这个结果在现场引起了不小的混乱，林楠的大哥二哥带着家属愤然离席，而林楠自己也不明就里，因为在父亲与他的上一次交谈中，如此重大的决定并没有透露半分。究竟是什么改变了父亲的想法，而且如此紧挨着他的意外离世？

乔维娅紧紧拥抱着林楠，轻轻拍打他的后背，似乎在安抚他的情绪。躲在暗处的狗仔队用长焦镜头全程跟拍她的表情，并剪辑成视频放到网上。比起星辉集团的遗产问题，似乎大众，尤其是乔维娅的影迷们，被称为"维蜜"，更加关注的是她当天的表现。

为了避免家族官司影响到集团运营及股价表现，林楠召开了一个家族内部会议，答应将部分非主营业务交给两个哥哥打理。虽然深表不忿，但是遗嘱缜密毫无漏洞，两位太子也只好接受下来，再做打算。

就这样，林楠成了星辉集团的国王，而乔维娅将成为那个王后。很快地，这场葬礼的热度就被林楠与乔维娅的盛大婚礼冲淡，毕竟那也是写在遗嘱中的一个重要条款。而这背后到底发生了什么，无人知晓。

只有乔维娅的人气不断攀升，她撕掉了哭星标签，成为全能型的天才演员。

某天夜半，一阵急促的电话声吵醒了熟睡中的林楠和乔维娅，是公司的公关主管。

"你们快看看网上的新闻。"电话那头只留下简短话语和一个链接。

林楠打开链接，顿时脸上表情如石膏般凝固住了。

"怎么了亲爱的？"乔维娅转了个身，语气呢喃地问他。

"你自己看。"林楠把手机丢给她，自己冲入卫生间，他需要冷静一下。

乔维娅点开视频，有好事之徒将她在葬礼上的全程表情做了快放，与之前的经典哭戏进行并排对比，结果发现，所有的细节、转换、情绪都几乎一模一样，只不过是慢了许多倍。最为经典的一幕便是遗嘱宣布之后，乔维娅紧紧抱着林楠，嘴角却露出了志得意满的微笑。网友和媒体都在狂欢般地转发，大部分评论都在指责乔维娅虚伪、逢场作戏，甚至连葬礼都是要靠演技来蒙混过关，甚至还有阴谋论者怀疑林楠的父亲之死便是与乔维娅有关，各种不堪入目的猜想甚嚣尘上，已经像滚雪球一般越演越烈，无法止息。

乔维娅冲进了卫生间，林楠正在用冷水洗脸试图平息愤怒。

"你听我说亲爱的，不是你想的那样……"乔维娅楚楚可怜，声音微颤，任何一个稍微有点同情心的人都会为之心碎。"我确实在葬礼上用了芯片，可、可那都是因为我爱你，我不希望因为我和你父亲的距离感，让别人觉得我不走心，所以……"

"你不觉得这很荒唐吗？乔维娅，我觉得你越来越陌生，你离我越来越远了，就连生活里的一点一滴，我都分不清哪个是真正的你，哪个是在演戏的你……"

"可你喜欢的……不就是会演戏的我吗？"

林楠一拳砸在镜子上，镜子开裂，将两人撕碎成无数细小的人像。

"事到如今，我们只有一个办法了……"

"你要干什么，林楠？"

"公开芯片的事实，只有这样，公司的名誉才不会受损。"

"你要牺牲我？"乔维娅口气一转，冷冷地看着林楠，似乎瞬间完全变了一个人。"当你需要我的时候，你可以给我安上芯片，说你爱我，让我变成你的摇钱树。当你不需要我的时候，你可以把我推出去，让我变成千夫所指的罪人，是这样吗？林楠，这就是你说的爱吗？"

"乔维娅，你入戏太深了，你有病你知道吗？你现在所有的情绪都不是你自己的，你是在表演，你醒醒吧！"林楠逼近乔维娅，指着她那好看的脸大骂。

"我有病？我有病那也是被你逼的！如果没有我，你觉得你爸可能把公司留给你吗？如果没有我，你会那么快就坐上星辉集团的头把交椅吗？该醒醒的是你吧，林楠！没有我，你就是一个废物！"

林楠眼中喷出怒火，他抓起盥洗台上的大理石皂盒，朝乔维娅头上狠狠砸去。只听得一声空洞的响声，接着便是身体倒地的声音。

新闻发布会上，乔维娅坐在轮椅上出现在现场，她戴着低檐帽和巨大墨镜，似乎要遮挡住自己那曾经引以为傲的面孔。

林楠陪在她旁边，紧紧地握着她的手，像是给她支持，又像是怕她逃开。

"乔维娅女士，由于长期超负荷工作，造成神经系统紊乱，患上一种罕见的情绪共济失调综合征，她将接受专业机构的康复性治疗，因此很长一段时间内，我们都无法见到她在大屏幕上的演出了。"星辉国际的新闻发言人告诉媒体，场内响起了嗡嗡的议论声，所有的记者都举起了手，镁光灯狂闪不已。

"能不能让乔维娅女士自己说两句？"所有人都附和这个提议，毕竟她才是这场风暴的中心。

话筒靠近乔维娅嘴边时发出巨大啸叫，林楠皱了皱眉拿开了一些。

"我……我很抱歉。"乔维娅颤颤巍巍地开口，像是努力在把握某种正确的情绪，但似乎她的表情完全不受自己控制，一会儿龇牙咧嘴地笑，一会儿又哭丧着脸。大家终于明白那副墨镜的用意。"葬礼上的事情，全都是我的错，我、没有办法控制自己、的情绪，给大家、添麻烦了……"

话筒被林楠粗暴地夺到自己面前。

"作为星辉集团的董事长，也作为乔维娅的爱人，我不会放弃她，她是我们这个时代最伟大的演员之一，我们不会忘记她所带给我们那么多经典的表演。我向所有喜爱乔维娅的朋友承诺，我一定会竭尽所能，治好她的病，让她早日重返舞台，为大家献上更精彩的表演。同时我们也会以乔维娅的名义设立专项基金会，用于资助治疗这一罕见病的科研团队，帮助更多的患者摆脱痛苦。谢谢大家！"

林楠声情并茂的陈词引来媒体的热烈反响，没有人注意在乔维娅那副巨大墨镜下，她往丈夫的方向投去一个眼神，同时流下一滴泪水。

新闻发布会非常成功，所有的舆论风向都转向了同情与怀念，并对林楠和星辉集团有担当有承诺的举动表示赞赏，星辉股价一度涨停。

林楠关上屏幕，得意地转向乔维娅。

"这也许是你从业生涯里最成功的一次表演了，恭喜你，亲爱的。"

乔维娅把头扭向一旁，林楠走到她身边，把她的脸扭向自己。

"我爱你，我真的爱你，所以我说的都是真的，我会治好你的。"

乔维娅看着自己的丈夫，本应该是不解与迷茫的表情，表现出来却是愤怒与惊恐。她的五官变得扭曲，甚至有几分……丑陋。林楠背过身去，摇了摇头。

乔维娅看到了他颈后被精心掩饰的伤口。肯定是上次情绪失控之后，他也植入了芯片，难怪在发布会上表现得那么自然感人。

"我知道，你一直都想当一个好演员，一个能让人情感共鸣的好演员，我想要成就你的梦想，所以才有了芯片。可是，有时候，人类的自然反应和表演，也许只有一线之隔。你太想当好一个演员了，于是混淆了生活与演出的界限。我们检查过了，芯片并没有问题，至少在被我打坏之前没有问题。问题在于你自己，如果你无法接受这一点，那么就算我们把你的芯片修好了，你也回不到原来的状态了。"

乔维娅眼角滑过一线泪水，她近乎哀求地看着林楠。林楠蹲下身替她擦去泪水，语气和缓下来，似乎也动了恻隐之心。

"我们很快就会修好你的，只要你听话。"

他不知道的是，乔维娅刚才想要表达的只是厌恶。

工作车间里，还是那个白衣男子，只是不见了林楠。昏暗灯光下，有一些彩色的灯管和电线在闪烁，像是提前到了圣诞节，只是没有音乐，只有一阵令人不快的嗡嗡声。

乔维娅迷迷糊糊间感觉自己的脖子后方有什么东西在插入拔出。她想要大喊，想要逃跑，想找林楠，再怎么憎恶，毕竟那是把她带到这里的人，也是她唯一可以依靠的人。

"别乱动啊，我告诉你，上次被弄坏的后果你已经尝到了，比大小便失禁还痛苦的就是情绪失控，因为大小便失禁弄脏的只是自己还有地板，但是情绪失控污染的是所有身边的人，你会搞坏所有的关系，你会觉得自己甚至不像一个人。所以别动，让我把你弄好。还得多亏了你老公啊，我的芯片很快就可以量产了，到时候……"

乔维娅突然感觉脑中像炸开了一阵烟花，各种各样的情绪争先恐后地涌出来，没有逻辑，不分次序。她时而狂喜，时而痛苦，时而恐惧，时而狂妄，她感觉自己像是一个调频电台，被随机地接入不同的情绪频道，这让她觉得就快要分裂出许多个自己，而每个自己之间都在彼此掐架，想要弄死对方，吞噬对方。

就在她陷入绝望之时，所有的情绪都消失了，像是电台扭到了一个充满了白噪音的频段，什么也没有。

"还是得归零了重新设置才好啊，你丈夫很爱你啊，他说了，要让你少点哭，多点笑，这样你会开心点，他也会开心点。也对，谁愿意每天对着一个哭哭啼啼的老婆呢，你说对吧……"

许多画面从乔维娅眼前一闪而过，她知道了林楠的用意，就像他们之间讨论过的，观众终究会对哭星厌倦，而想要让生意持续下去，就得不断地变换节目。她将成为一个谐星，一个以笑为生的演员，一个被操控在林楠手里的提线木偶，只要这事情一天没完，她就永远成为不了一个真正的演员。

林楠究竟是从什么时候开始有了这种想法呢？乔维娅努力回忆两人相识的过程，林楠始终表现得像个不谙世事的富家子弟，只是喜欢上了自己的容颜和清纯气息，那是他真实的自我吗？还是说，一切都是他布置的一出戏？他只是在按着剧本表演，演得如此投入到位，以至于没人能够识破伪装。

而我，从头到尾只是他手里的一颗棋子。可我不也是在演戏吗？为了得到林楠的垂青和资源，不，甚至更早，为了从选秀节目中出位，我不也是给自己披上一层大众喜闻乐见的清纯无害的少女外壳，好得到更多的宅男投票吗？就像林楠说的，演得太久，入戏太深，把自己都给骗过去了。

"我……我好像有点不对劲……"乔维娅突然心生一计。

"嗯？哪儿不对劲？不，应该说，你哪儿都不对劲……"白衣男子突兀地大笑起来，却仍然把耳朵贴了过来。

"我好像对你产生了某种……强烈的感觉……是不是你动了什么手脚……"乔维娅轻轻吐息，似乎有一条蛇在她身上游走，让她无法自遏地扭动身体。

"嗯？怎么回事？"男子犹豫间扶坐起乔维娅，将线缆接入她脖颈后的插口。

"你解开我的拘束，我指给你看……"

"你先别乱动，这套系统很精细的，搞坏了很难修好……"

"你快点儿，我受不了了，你究竟在搞什么鬼……"

"好好好，你别动，马上就好……"

突然间，所有软弱无力的感觉消失了，乔维娅趁着男子不备，一脚踹在他的裆部，挣脱了脖子后的连线，带着火辣辣的疼痛，她在眩晕中逃离了工作车间。世界在她面前疯狂旋转，她摔了几跤，差点被车撞倒，路人像看疯子一样看着她。可她却毫无感觉，没有恐惧，没有羞耻，没有痛苦。她要去告诉所有人，关于情绪调节芯片，关于林楠，关于星辉集团的一切。

可是，有谁会相信这一切呢？

她想到了媒体，曾经那么热爱自己的狗仔队，他们一定会愿意听我的故事。

那个依靠长期跟踪偷拍乔维娅坐上主编位置的前狗仔队记者，从电脑屏幕前抬起一头油腻的卷发。

"您说完了吗，乔维娅女士？"他重重地敲了下键盘。

"我保证我所说的句句属实，你们必须把这件事情公之于众，否则我不知道还会有多少人将会遭受这种非人的待遇……"

"我不知道，女士。我曾经那么热爱您的表演，您塑造的那些美妙的角色和瞬间，让我觉得这个世界上有一种与神灵相通的天赋，神灵通过您让我们感受到日常生活里所无法感受到的情感。可现在您告诉我这一切都是由芯片制造出来的，芯片比人自己更懂得如何去唤起共鸣，这让我在情感上很难接受……"

"可这一切都是真的，如果你不相信，我可以带你去工作车间……"

"这不是关键，关键是您讲述整个故事的方式。"

"什么意思？"

"您像是一台自动答录机一样，只是把事先录制好的剧本一字字地吐出来，没有任何的情绪，没有起承转合。如果这一切都是真实发生的，我很难想象您能够保持如此的平静。"

"也许是因为那枚芯片。你可以看看，就在我的脖子后面。"

"我检查过了，确实有一道伤口，可是在新闻发布会上您先生也说过，由于病情发作，您有自残的倾向，包括这一道伤口……"

"林楠是个骗子，他的心里只有钱，他的一切都是装出来的。"

"如果一个人的表演能够让另一个人感到开心，那么这份开心就是真实的，所以对于我来说，与其报道一个这种阴谋论式的科幻故事，倒不如去报道一些能够让人开心的事情，哪怕它们没有那么真实。毕竟我们的生活已经够沉重了不是吗？"

"我明白了，你跟林楠是一伙的，你们媒体都被星辉收买了，我猜得对不对？"

"我只是作为一个曾经的抑郁症患者，真心地希望您能够恢复健康，毕竟您的作品是我排遣压力和舒缓抑郁的最有效的疗法，比什么药片都管用。如果有那么一种技术能够让所有人都保持开心，那又有什么不对呢？"

乔维娅从椅子上起身，带着她仍然在流血的伤口。椅子在她身下发出巨大的摩擦声。

"您也许真的无法理解我们普通人的生活，大部分的时间我们心如死灰，只是日复一日地重复着操蛋的工作和生活，只有残存的那么几个瞬间，比如，看着您的作品的瞬间，我们才能觉得自己真实地活过。我恳求您不要剥夺我们为人的乐趣，哪怕是如此微不足道的乐趣……"

随着那个胖子起身，他似乎目光闪烁，有所隐瞒。

"乔维娅女士，您可以再休息一会儿，喝杯茶再走也不迟。"

紧闭的房门外响起了急促的脚步声，乔维娅知道自己被出卖了。她绝望地环视房间，除了窗户没有别的出路，可这里是二十一楼。

"别，乔维娅女士，这是钢化玻璃。"胖主编看穿了她的心事，不紧不慢地端起茶杯。

所有的脚步声瞬间停下，门把手开始缓慢旋转。

乔维娅脸上依然平静如水。

乔维娅疯了，或者说，她看起来比最疯的人还要疯。

白衣男子走出房间说，是因为在检查数据的过程中没有按程序进行，擅自热拔插导致的情感中枢紊乱，需要相当长的一段时间才能恢复正常，而且究竟能不能恢复到最初的状态，谁心里都没底。

林楠看着监控录像中另一个房间里的乔维娅，一会儿对着桌子笑，一会儿抱着花瓶哭，一脸嫌弃地吃完了特地为她准备的大餐，却又拿着根鸡骨头展开慷慨激昂的独白。

"她是我们的一块招牌，如果她不好起来，这芯片上市遥遥无期啊……"

"林老板，你当初可不是这么说的啊……"

"事情总是在发生变化，你也看到了，如果贸然上市，背后还是有很多隐患，对星辉不好，对你我也不好，你说呢？当下最紧急的就是让乔维娅恢复正常，哪怕是百分之七八十的正常，只要她能够到公众面前，到聚光灯下，去展现我们技术的强大，那就足够了。不然的话，你懂的。"

林楠的表情与语气中带着不容置疑的威严感与说服力，白衣男子知道，这是设置的芯片算法在起作用，把一个原来唯唯诺诺努力讨好别人的男孩，变成了不择手段的虎狼之人。这是林楠自己的选择，而他也不过只是一颗棋子，随时可以被丢弃。

"明白了林老板，我明天会再来的。哦，对了，"临走之前，白衣男子似乎想起了什么，"乔维娅虽然是这种状态，可似乎在你面前，她还能恢复一些正常的情感控制，也许，她希望留给你一个尽量美好的形象。所以，你还是多陪陪她吧……"

林楠张开嘴，却什么也没说，只是挥了挥手。

他深深叹了口气，走进房间，换上另一副表情，正是他没有植入情感芯片之前的样子。

乔维娅抬起头，一瞬间似乎变回了昔日那个单纯而无助的女子，但只是一瞬间，她又龇牙咧嘴地对着林楠开骂，像是在驱逐什么恶魔。

"林楠，你走，我不想你看到我这个样子……"虽然情绪完全错位，可言语和思维还是理性的，这让乔维娅身上具有了一种奇异的戏剧性。

"维娅，你还记得，我们为什么要这么做吗？"

"你利用了我……"她脸上一半是哭一半是笑，但居然可以毫不违和地共存。

"不，是为了你。你的演艺生涯已经完了，结束了，死得透透的，你只能继续混着跑龙套的配角，还要忍受别人的耻笑，可你不服气，你觉得自己还能行，就凭着你这张脸，你也应该行。可你就是缺了点什么，如果用科学的方式来说，那种东西可以让人对你产生好感、共情。我用技术来挽救你，把你送上领奖台，送到万人瞩目的聚光灯下，可你还是不满足，还对我父亲下手……"

林楠夸张地背过脸去，似乎在抹眼泪。

"我、我怕你抛弃我，我一直怕……"乔维娅并没有流露出害怕或忧伤，相反是一副志得意满的胜者嘴脸，"可我知道什么都留不住你，无论是爱情还是家庭，你关心的只有利益。"

"我……"林楠竟然一时无言以对，"可是我爱你。我想要治好你，我希望你能一直受欢迎下去，永远快乐地接受自己。"

"哈，你想的是让芯片上市，这样就有更多的乔维娅了。你爱的只有自己。"

"……"林楠沉默了片刻，似乎下定了决心般透露真相，"芯片其实只是个幌子。"

"嗯？"

"还记得我最初跟你说过的，芯片可以帮助你管理情绪吗？其实那枚小小的芯片根本没有那么强大，它只是起到传导信号的作用，真正的杀手锏，是云端的情绪管理系统。而一旦我们将芯片规模化投入市场，我们就能够掌控亿万人的情绪，想想看，这比什么娱乐产业都要诱人和丰厚得多了。"

"你……是个魔鬼，竟然把我当成实验品……我恨你。"乔维娅露出迷醉的错位表情。

"不，我爱你。我知道你不爱我，一直都不爱，从我认识你的那天起，我们俩就开始了一场旷日持久的偶像剧对手戏。你认为我喜欢你表现得柔弱、无助甚至有点天真的蠢萌，而我为了让你开心，让你满足，我便配合你演出，希望有一天能得到你的真心。但十年过去了，我知道那是通过正常人生无法做到的事情，我们俩只会越演越假，走上不归的分岔路。于是，我想到用技术去解决爱的问题。"

"哼，所以你觉得你解决了吗？"

"这比我想象中要复杂，人心总是不断地流变，我们需要更强大的计算能力，来制造出爱的感觉，来治好你。"

"我没病，我只是不爱你了。"

"你爱过吗？"

"十年，人生最好的十年，如果一个女人愿意陪你演十年的戏，难道这都不算是爱吗？"

"……维娅，我……"林楠哽咽了。

"林楠，我不想再陪你演下去了，你需要的肯定和自信，我都给过你了。我不欠你什么了。"

"别这样，维娅……"

"你让我走，或者让我死，都行，我只是不想再这样像个坏掉的木偶一样活下去……"

"我会治好你的。我会的。"

"我不信。"

"我可以保证，你永远享有专有的情绪算法和传输带宽，没人能够比得上你。"

"我不相信你，除非……"

"除非？"

"你愿意修改你的参数，一生一世只对我有爱人的情绪反应。"

林楠愕然，望向镜中的两人，微微有些扭曲的镜面反射出变形的两人，似乎像是两股潮水在流动中彼此渗透、纠结、融合。许多的往事如纷飞的雪片般滑过他眼前，就像眼前这个女子表情中传递出来的信息，如此迷乱而错综复杂，难以看清辨明。

"……我愿意。"

这是一个风格浮夸的摄影棚置景，圆形舞台如同水晶球般反射出耀眼的 LED 特效，嘉宾和观众座位环绕着舞台层层往上，如同一个流光溢彩的巨碗。不时有 CG 制作的全息影像从人们头顶飞过，有喷火的龙、带翅膀的鲸鱼、哥斯拉以及别的说不出名字的虚构生物。

这里正在录制的是一档脱口秀节目《火星总动员》，主持人会不时将尖锐的问题抛向场上嘉宾，嘉宾的反应速度和表现将决定观众的投票去向，每场人们都会投出一名最佳"笑斗士"。毫无疑问，这档节目的看点就在于这些以互相攻击嘲讽来逗观众发笑的明星身上。

"那么如果有一天醒来，你发现你的另一半变成了一头猪，你会怎么样？"主持人把这个无趣的话题抛出来，一个全息的蓝色光球在嘉宾面前弹跳着，最终停了下来。

"我会让他剃完毛再去接孩子。"一个中年女星回答，观众爆发出轻微的笑声，光球变色，被踢到一个摇滚男星面前。

"我的第一反应是，天呐，我们要多花六倍时间逛内衣店了！"观众大笑，光球继续弹跳，现在变成粉红色。

"离婚的事情可以先缓缓了，至少猪的交配能力还是很强的。"观众爆笑，光球变成紫色，来到了最后一个嘉宾乔维娅面前。

所有的屏幕都出现她那张脸，她轻挑眉毛，似乎有某种愉快的波澜迅速荡漾开来。

"我会打开衣柜，对里面的人说，亲爱的，早餐你想吃烟熏火腿还是脆烤培根呢？"

观众们笑得停不下来，全场的灯光疯狂闪烁着，似乎都快要把摄影棚掀翻了。那个光球像是在呼吸的某种器官，随着投票数字上升膨胀变大，变换颜色，最后在乔维娅的面前炸成碎片。这时候镜头恰到好处地切给她那精致妆容和完美五官，她开始绽放出标志性的笑脸，充满亲和力和感染力，如同某种不可见的能量波，通过卫星传递给此刻每一个在屏幕前收看节目的人。"核爆般的笑容"，所有媒体都这么形容她。

毫无疑问，乔维娅蝉联冠军，她的身价随着累积场次急速飙升，在这个令人抑郁的时代，有什么能力比让人开怀畅笑更值得买单呢？

"3、2、1……OK，cut！"

乔维娅面带闪光的微笑向所有人致意，所有人也报以热烈的掌声和欢呼。她退出聚光灯的势力范围，遁入黑暗。丈夫林楠也鼓着掌，给她献上一束热烈的玫瑰。两人拥吻离开，给媒体记者充分捕捉镜头的时间。

车子飞驰在夜晚的街道上。

"所以你真的会那么做吗？"林楠看着前方飘浮而过的路灯，冷不丁发问。

"你在说什么呢？"乔维娅微笑地扭头看他。

"如果我变成了猪，你真的会那么做吗？"

"噢，瞧你这小气鬼，那都是剧本上写好的，我只是照着演，难道效果不好吗？"乔维娅假装嘟起小嘴。

"就是效果太好了，所以会让我……你知道的，分不清你到底是真的这么想，还是在表演。"

"哈哈哈……你太可爱了……"乔维娅又施展起招牌的微笑，没有人能够抗拒这种笑。"这就是为什么我这么爱你……"

"也许是我的芯片该去维护一下了，最近感觉有点疑神疑鬼。"林楠不自在地摸了摸自己的后颈。

"你确实该去了，毕竟星辉集团这么大的压力，没有芯片，你怎么能坚持得下来？"

"你说得对，我这就预约。"

"这就对了小乖乖，还有，关于量产芯片提前上市的事情，你是怎么跟董事会说的？"

"他们都同意了，而且觉得钱途无限……"

"就像我说的，一旦让他们都体验到……"

"驱动人类的并不是理性，而是情绪。你说的都是真理，亲爱的。"

"别忘了，这一切全拜你所赐呀。"

林楠转过头看着乔维娅，露出迷惑的表情。就像是那天，他看着妻子如同充满电的机器人般恢复正常情绪变化时，眼中流露出的光。

乔维娅望向窗外，似乎也在回忆起同一个瞬间。

看清了林楠真面目的白衣男子决定与乔维娅联手，林楠果然上钩了。乔维娅不仅把自己变成了他唯一的爱人，更是情绪上的操控者。人类历经百万年的进化，心理与情感上却步履蹒跚，我们的大脑还保留着太多的后门和缺陷，只要稍微做一点手脚就能够颠覆理性。

林楠再怎么功利，还是抵挡不住内心深处对爱的渴望。

乔维娅深知这一点，从父亲身上得不到的肯定，林楠必须从人生其他的地方去补足，像是荒漠里饥渴跋涉的旅人。

事情就这么一步步顺利地进行下去了。无论是以爱的名义，还是别的什么。

跟情绪芯片的巨大潜在市场比起来，娱乐圈只不过是一个小池塘。但这个小池塘里却挤满了这么多渴望被人看见、欣赏与崇拜的鱼儿，所以它们扑打起的水花也格外活泼。这些动静掩盖住了真正的河流与海浪，一切都会变得非常、非常不一样。也许人类会因此而进入新的阶段也不一定，从管理好那些杂乱无章的情绪开始。

她摇下车窗，夜风灌进车厢，吹乱长发，所有的城市灯火似乎都在同步闪烁，像是黑暗中有一根无形的指挥棒在舞动，在摇曳。乔维娅情不自禁地在空中做了一个休止符的手势，露出了久违的发自内心的微笑。

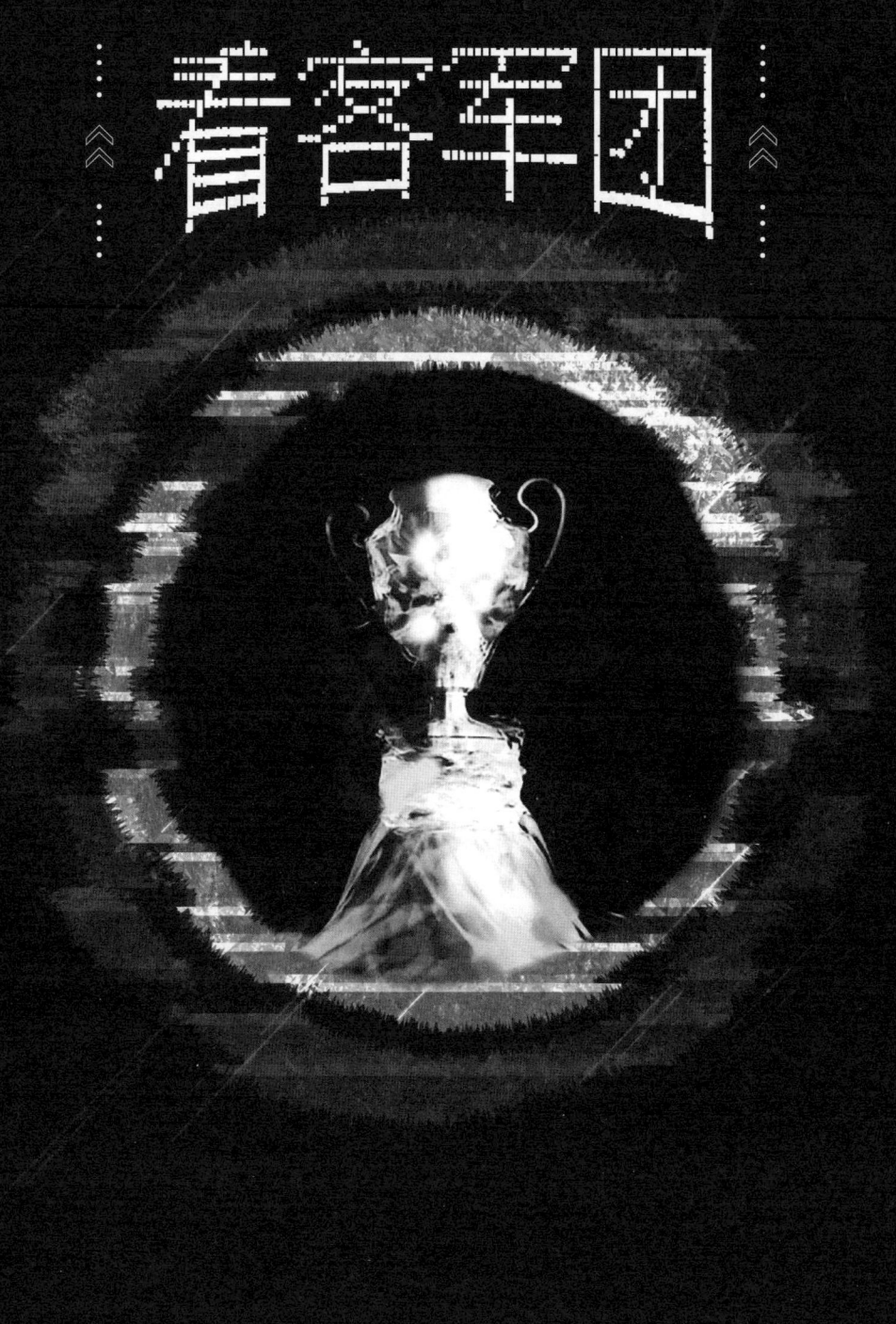

高小聪强装笑脸，递出最后一份热辣烧烤合家欢套餐，"祝您用餐愉快"最后一个字的音调必须是上扬的。他给柜台挂上"今日打烊"的牌子，洗去手上被溅上的各种油渍酱料，脱下工作服，换上自己的冲锋衣。这时时钟显示00：25。

地铁早就停运了，高小聪在寒风里瑟瑟发抖，等着最后一班981。车站里人不多，大都是像他这样轮到上晚班的柜员、服务员、勤杂工……有的搓着手，有的跺着脚，不时抱怨几句"怎么还没来"。在大多数人都已经躺在床上，已经进入或者准备进入梦乡的这个点儿，他们却才刚刚开始下班后的生活。

车终于哧的一声到站，稀稀拉拉的人上了车，车上也并不暖和，人们抖抖索索地相互靠着，看着手机上的综艺节目，听着歌，勉强撑住往下掉的眼皮。

高小聪却完全没有睡意，眼前还不停回放着今天发生的事情，分不清是屈辱还是愤怒。一个大妈非要投诉他在炸鸡里擤鼻涕，惊动了值班经理，后来从监控室实时调取录像，发现并无此事，那个大妈才嘀咕着"明明看见的"从人缝中溜走了。

这样的事情实在太多了，每隔几天就要来一回。高小聪有时候会想，这些人到底怎么回事，是什么驱使他们说谎，还是说他们下意识就觉得服务员就会干这样的事情。一张张笑脸背后藏着什么样的人心，他毫无头绪。

回到家已经是一点多，洗漱完躺到合租屋的硬板床上，嘎吱一响，意味着一天的正式结束。可高小聪这会儿还没有睡意，不知道为何，某种神秘的力量驱使着他，像打了鸡血般精神地打开电脑，通过加密浏览器登录一个叫"微正义"（WeJustice）的网站。

这是一个位于暗网的网站。所谓暗网，就是那些见不得人的、地下的网络信息，一般都与黑市交易、贩卖人口甚至军火买卖有关，属于违法内容。这样的暗网信息在整个互联网上占了百分之九十五以上，可以说，人们平时所看到的正常互联网只是冰山露出海面的一个尖尖。

但是"微正义"不同，至少高小聪相信它是不同的。它通过某种途径，收集了全球各地监控录像头的实时数据流，总量高达10亿路，数据量更是天文数字，然后通过分布式计算，在每个用户的计算机上运行一套人工智能算法，通过图像识别技术帮助平台判别视频内容中是否存在违法行为，比如暴力犯罪、抢劫、肇事逃逸、入室盗窃、性侵等，然后转交给当地的执法部门。

当然，总会有那么一些机器无法判断的灰色地带，需要人的眼睛、大脑以及经验去判别，这些不那么光明正当的行为大多数时候够不上犯罪，却也损害了整个社会的公序良俗，让人心变得灰冷阴暗。这时候就轮到数据时代的正义使者们出马了，这也是驱动"微正义"平台能够不断运转下去的模式。

这个游戏的名字叫做"涅墨西斯之门"，出自希腊神话中的复仇女神。

当某个用户发现某段视频中存在不正义（却又不构成违法）的行径时，他可以以"讨伐者"的身份将这段视频上传到平台，接受众多网友的投票，每张票相当于一笔一定数额的虚拟货币，与用户的虚拟钱包绑定。当投票数达到一个门槛线时，"涅墨西斯之门"缓缓开启，而通过投票所众筹形成的奖金池也向所有人敞开。

这时会出现第二个角色，猎人。

猎人是在虚拟世界与现实世界之间建立映射关系的人。他们通常身份隐秘，且拥有常人所无法触及的数据接口，能够通过一段模糊的视频资料加上相关数据，去追踪、定位并锁死视频中出现的真实人物，因此被称为猎人。成功寻找到目标的猎人将从奖金池里获取一定比例的奖励。

这是个技术活，但也充满着竞争，有来自世界各个角落的猎人与你同步嗅闻数据痕迹，谁先找到目标，谁就获得奖励，谁就是英雄。所以这不光是利益，还关系到荣誉。

最后一个角色，也是争议性最大的，叫执行者。

正如名字字面所表达的，执行者需要执行的便是正义。他或者她会从现实世界的层面，让被讨伐的不义之人认识到自己犯下的罪行，做出诚恳的忏悔与致歉，并录成视频上传到平台。执行者之所以存在争议，一方面是在执行过程中往往会发生一些可想见的违背正义的行径，比如轻微暴力、胁迫；另一方面，被讨伐者的曝光与道歉是否就意味着不义得到洗刷呢？持不同意见者众多，但规矩就是这么慢慢被定型了下来。

成功的执行者将分走奖金池里最大的一块，剩下的由讨伐者与平台进行分配。与猎人不同，执行者是任务领取制度，不存在竞争，一来跟地理属性相关，二来同时多名执行者容易引发更大范围的混乱和不义。因此，只有当一名执行者宣告任务失败之后，其他的执行者才能继续跟进。而成功的执行者在社区里便能受到英雄般的对待。

当然，出于安全考虑，所有的人都只用 ID 匿名出现在"微正义"平台上，在暗网上暴露个人真实信息意味着自取灭亡。

高小聪只当过一回讨伐者，其他时候都是跟着投票的围观群众，倒不是因为他不想成为猎人或执行者，只是他没有这个能力，也没那个胆量。每天下完班之后，他最兴奋的一刻就是点开讨伐者上传的视频，然后跟着围观群众一起同仇敌忾，看着投票数往上涨、涨、涨……直到触发动画效果，大钟敲响，一扇金色的"涅墨西斯之门"缓缓打开，猎人们循着虚拟空间的数字踪迹，蜂拥而出，顺藤摸瓜。

想起那次经历，高小聪的嘴角都会扬起笑意，那是人生中少有的高光时刻。但随之而来的便是执行者上传的那段视频，被讨伐的女孩似乎情绪濒临崩溃，时而蓬头垢面摇头否认，时而痛哭涕零后悔不迭。这让高小聪感到心慌，毕竟这一切都是因他而起，而且是发生在自己所在的城市，更是在地理和心理上又近了一层。他甩甩头，努力忘却那些令人不快的画面，说服自己她是罪有应得，那么多人一起做出的决定，怎么会有错呢？

这个凌晨，他又忍不住打开了监控视频流数据的任务平台，定位到自己所在的城市区域，看有没有 AI 筛选出来需要人类进一步判断的视频数据。这是他的习惯，在这个时间段，选择这样的地理位置，让他觉得足够真实，与现实世界相关，但又保持一定的安全距离。

一连串同一事件的相关视频流被筛选出来，高小聪一个个点开，经过官方提供的调节滤镜，让画面放大、对比度提升、噪点减少。模糊的光打在他脸上，在这简陋狭小的出租屋里，他似乎看到了一座等待挖掘的金矿。有时，数据里会有一些让人面红耳赤血脉偾张的视频，是这座城市里的人们在各种奇怪的角落做爱，也许是偷情，也许是为了刺激，但他们不知道这些自以为隐秘的角落已经暴露在看客的视线之下。每当发现这些矿藏，高小聪便会配合着画面做一些让自己快乐的事情。

但今天这个视频不一样，性质完全不一样。

一名女子在停车场内被戴帽男子尾随，进而在死角处被猥亵。

高小聪选择了不同远近距离和角度，反复分析这两人是否相识，他们的行为举止是属于调情还是侵犯，这些都是机器所无法做到的。最后他关掉了视频，目光呆滞，这明显是在违法边缘试探的不义行为，要不要发起讨伐，他陷入了沉思。

不知为何，那个诬陷他的大妈的面孔一闪而过。他胃部泛起一阵恶心。

高小聪轻点鼠标，发起了一场新的讨伐。

他终于可以安心入睡了。

高小聪醒来之后第一件事就是查看自己的投票数字，上升得出乎意料地快，跟性与暴力相关的事件总会吸引更多的眼球，这是亘古不变的真理。

为了方便追踪，他还在手机里装上了 Lite 版的"微正义"。尽管没法用手机里的低端处理器进行分布式计算，电池发热太严重了，但他还是可以实时得到最新的数据和视频推送，表面看起来就好像浏览一个普通的短视频网站。

高小聪一整天都无心上班，趁着上厕所或者客服间隙就要掏出手机看一眼，离打开"涅墨西斯之门"近在咫尺了。他有点上瘾，躲到了抽烟的过道里，不停地刷着页面。旁边抽烟的商场保安凑过来看热闹，问："什么东西这么上瘾？"他赶紧躲进了厕所的隔间。

在投票数字撞开"涅墨西斯之门"的瞬间，手机发出了巨大而夸张的动画音效，高小聪不得不按下冲水马桶来掩盖，尽管方圆一公里之内可能都没人知道那声音意味着什么，但是他还是下意识地想要逃。

看着一枚枚亮起的猎人头像与ID，他的心脏不由得揪紧了，就好像那些幽灵般的捕猎者是在现实世界而不是在虚拟空间逡巡，他们翕张着鼻翼，捕捉并锁死任何一丝可能定位到被讨伐者的蛛丝马迹：面孔、步态、出行路线、行为习惯、消费记录、车牌号码、接触过的人与宠物……最为重要的是，他们拥有常人不能想象的数据权限与工具，可以毫不费力地从你所喜爱的冰淇淋品牌定位到你的家庭住址。一切只关乎速度，与竞争对手赛跑的速度。

这场无形的较量在2分34秒后落下帷幕，其他的头像悉数暗下，只剩下一位名叫"熊爪666"的猎人。

高小聪回到了工作岗位，哼起了小曲儿，引得值班经理侧目而视。他毫不介意，因为此时周围的一切都变得无关紧要，只有那个等待被执行的不义之人，以及即将涌向自己的财富与荣誉，才是这个世界上最真实的存在。

但一周过去了，执行者却迟迟未能出现。

这很正常，不像猎人可以在地球的任何一个角落发起攻击，执行者必须回到物理现实，脚踩着坚实的地面，面对有血有肉的人类。因此并不是每次都能马上找到合适的执行者，一般很少人会长途跋涉跨地区执行任务，那样成本太高且风险不确定。大部分执行者只会执行本地任务，当然理论永远不等于现实，就好像正义使者未必每次都会采取符合正义的方式。

有那么几个瞬间，高小聪脑中闪过念想，并没有任何规则上的限制阻止讨伐者同时成为执行者，这样的事情以前也发生过好几起。问题的关键不在于规则，而在于高小聪自己。每当他动起这个念头时，当年被他讨伐的女孩的面孔便会出现在眼前，随之而来的是一则新闻。高小聪需要十分努力才能将那些负面的情绪从脑海中驱散。他觉得自己还没有准备好。

就在他以为这桩任务将变成上万面同样悬挂于虚拟空间却无人认领的旌旗之一时，在一个深夜里，有人领走了任务，并以极快的速度上传了执行视频。

经特征点数据比对之后，证明讨伐视频与执行视频里的男子是同一个人，他将黑色棒球帽摘下，露出光头，开始语调略带浮夸的忏悔，陈述自己由于童年受到侵犯导致某种特殊的性癖好，说到动情处还流下几滴眼泪。点击数字不断攀升，创下了当天的纪录。虚拟金币按照比例分配给平台及各方，又一个不义之人得到了惩戒，社会的空气又清洁了几分。社区里讨论的氛围十分热烈，高小聪收到了许多陌生 ID 的虚拟礼物及打赏，那些赞美的话语让他浑身轻飘飘的，似乎自己不再是快餐店里每天受气的打工仔，而是一个英雄，真正的英雄。

"谢谢你。我能请你吃饭吗？"一个陌生的 ID 发来信息，出现在高小聪的收件箱里。

"您是？"

"我就是那个受害人。"

高小聪的心脏停跳了一拍。他找出讨伐视频，尽管分辨率不甚清晰，可仍然能分辨出那个女孩身段婀娜，面目清秀，穿着打扮入时，并不是他在快餐店里每天见到的那些庸脂俗粉。

"太客气了……不用了吧。"高小聪假装推托，又加上一句，"你没事就好。"

"其实，我就是想当面感谢你。"

高小聪知道，出于显而易见的原因，"微正义"平台上的人都不会轻易暴露自己的真实身份，在暗网中行走，就好像上个世纪某部科幻小说所写的，一旦别人知道了你的真名实姓，也许下一秒你的命就没了。可某种说不清道不明的力量阻止他说出"不"字。

"那……你说个时间地点吧。"

对方发过来一家高级西餐厅的链接。高小聪的第一反应竟然是，衣柜里没有合适的衣服穿了。

高小聪不知道自己的眼睛该往哪里看，只能盯着盘子里的四十天熟成澳洲小牛排。

尽管周围灯光昏暗，但对面坐着的这位女子仍然耀眼得让人心慌。那脸，那眼，那脖颈和胸口的吊坠，都亮闪闪地发着光。他竟然不知道人的皮肤是可以这么透明发亮的。更不用说这家餐厅，他心想，用"餐厅"这两个字简直是一种侮辱。

这里没有油腻怪异的气味，没有高声吵闹的熊孩子，没有随手揉成一团丢在地上的纸巾，更没有虎视眈眈的值班经理和监控摄像头。一切都如此精致、柔和、恰到好处，空气中飘浮着成分不明的香气，每一个侍应都那么帅气整洁，微笑以待，就好像他高小聪不是个战战兢兢的初次到访者，而是把这里当成后院食堂的高朋贵客。

高小聪不敢动，只能用眼角余光瞥着对面的女子，看她怎么吃，然后亦步亦趋地模仿。他已经不止一次把餐巾掉到地上，盖在那双努力擦得锃亮的黑皮鞋上。

"你不用这么……不好意思，就当平时吃饭，该怎么吃就怎么吃。"姑娘自我介绍名叫妮妮，在地下停车场取车时遭到侵犯的就是她，家里是做保险生意的，但她喜欢艺术，于是自己开了家画廊，代理一些海外艺术家的作品。

"噢……"高小聪笨拙地拿起刀叉，在瓷盘上发出刺耳的摩擦声，周围的宾客侧目而视。他面色窘红，双手就那么僵硬地停在半空。

妮妮不禁笑出了声，她笑起来感觉整个世界都要被融化了，高小聪更紧张了。

"别忙活了。"妮妮轻舒玉臂，刀叉在她指尖灵活舞动，很快小牛排变成了带着血丝厚薄均匀的片片。"你吃我的吧。"

"噢……"高小聪更窘迫了。

终于到了甜点环节，高小聪终于松了一口气，毕竟只需要用到小勺。他和妮妮的交流也变得顺畅起来，不再是只有单音节的发音了。他问妮妮有没有想过报警，妮妮轻轻摇了摇头，露出十分脆弱的表情。

"没有用的，像这样的事情，每天不知道要发生多少次，警察根本没有精力管。况且没有证据，无法定罪，最后就是白白折腾一场，心累，还受折磨……幸好有你帮我主持公道。"妮妮又是甜甜一笑。

高小聪不由得挺直了腰背，胸中澎湃却又假装轻描淡写。"举手之劳而已。"

"只不过……为什么你不去当个执行者，那样不是更有正义感吗？"

"我……"高小聪一下子噎住了，总不能说是因为自己胆小怕事。"我平时工作比较忙……"

"所以你到底是做什么的呀？"

"我是……负责食品卫生安全监测的。"高小聪脱口而出，脑子里浮现出那个指责自己的大妈的嘴脸。

"那是很重要啊，还这么有正义感，很佩服你呢。"

高小聪打着哈哈，突然有了一个大胆的想法："一会儿吃完饭，要不要去看电影，我听说最近有一部国产科幻片很不错呢。"

女孩面露难色："我是挺想去的，可我还约了执行者……"

高小聪的兴头一下子跌到了谷底，世界又重新变得黯淡了。他只配和美女共进晚餐，而夜晚是属于执行者的。是啊，这再合理不过了，一个不过是动动鼠标键盘，另一个却得真枪实干，甚至冒着危险。要是换成自己，恐怕也会做出同样的选择吧。

"那就再约吧，你要继续为正义加油噢！"妮妮买完单，和高小聪礼节性地握了握手，转身离去。

高小聪闻了闻手心里余留的香气，想想又得独自回到狗窝般的出租屋，心里有说不出的滋味。

也许我真的可以成为执行者？妮妮的话在高小聪耳边盘旋着，久久不散。

他在屏幕前筛选着本地的任务，毕竟他每天都要上班，而且没钱跑不了远处，只能就近练手，但又不能近到自己小区或者上班地点附近，那样的话风险太大了。

——开车胡乱加塞导致救护车无法按时抵达医院，造成病患死亡的无良司机。

可我连车都不会开。

——欺骗孩子去深水区玩耍导致溺水事件的作妖女青年。

不行不行，在女生面前我话都说不出来。

——利用身份之便在后厨往佛跳墙里吐口水的未成年小工。

嗯……这个看起来可以，毕竟算是同行。

高小聪的鼠标犹豫了一会儿，想起了妮妮的话，终于坚定地点击了"认领任务"。社区里响起了一阵嗡嗡声，对于新晋执行者，往往会有极端的声音迎接他们，要么是耻笑与羞辱，要么就是一顿漫无边际的吹捧。这给新人带来了极大的压力，倘若执行失败，有可能在社区里再也抬不起头，还会被扣除积分；倘若成功，则可以登堂入室，获得进入执行者私密板块的荣誉勋章。

坐地铁换公交车到那家餐厅需要一个半小时，高小聪已经充分掌握了目标的交班时间，他提前到了餐厅同一层的楼梯间，换上后厨杂工的衣服，大摇大摆地混进厨房。他一眼就看到了那个黄毛小子，没戴厨师帽，瘦得像根竹竿，脸上一副混不吝的表情，负责来回端菜递料。高小聪掂量了一下，觉得自己还是有希望能够搞定这个小子，只不过需要合适的时机。

黄毛跟身边人要了根烟，走了出去，高小聪跟了上去。在楼梯间里，黄毛叼着烟，在各个兜里掏着火，啥也没掏出来。高小聪给他递上火。黄毛吐了口烟圈，问："怎么以前没见过你？"

高小聪笑了笑："我新来的，老板媳妇家远房亲戚。"

黄毛噢了一声，不说话了，自顾自抽着烟，然后把烟头往地上一丢，推门想走。门动不了，被高小聪按住了。

"怎么个意思你？"

"你干的事儿我都知道了，想继续在这儿干下去的话，你就得听我的。"高小聪说出了在心里排练了好久的台词。

黄毛仔细端详眼前这个貌不惊人的胖子，目露凶光："你以为你是谁啊？找抽吧你！"

一段视频摆到了他面前，黄毛伸手要去抓，高小聪手一抬让他扑了个空。

　　"想挨打？老子陪你玩！"黄毛摆出架势。

　　"我知道你家里还有个妹妹，老娘身体也不好，爹又不顶事儿，那些客人那么傻×，你心里也烦得很。"高小聪轻描淡写。

　　"你是怎么知道这些的？"黄毛口气变了，之前的虚张声势一去不返。

　　"你别管，你就告诉我，这份工作你还想干不想干？"高小聪觉得自己现在听起来就像是招人厌恶的值班经理。

　　黄毛寻思了一会儿，左右看了看，像是在寻找着狭小楼梯间的出口，然后点了点头。

　　黄毛的道歉视频让高小聪体会到前所未有的感觉，所有之前怀疑过他的人都纷纷转而为他点赞，投掷虚拟礼物。他获得了进入执行者私密板块的权限，在这里，用户们交流着各种让不义之人忏悔的技巧，有些合法，大部分在违法的边缘试探。高小聪原本觉得这一切都来得过分容易，但听到这里传颂的故事后才发觉，自己只不过是在沙滩边玩泥沙的孩童，离真正的硬核高手还远得很。

　　他给妮妮发去了信息，问她看到没有。

　　"看到什么？"妮妮回他。

"我的执行者视频啊。我现在已经是个执行者了。"

"噢，恭喜你啊。所以你惩罚了什么样的不义之人？"

"嗯……一个往食物里……添加不健康成分的人。"

"我以为那是你的本职工作呢。"

"也……算是吧。"

"所以你把现实生活和虚拟生活过成了一回事。"

"也不能这么说。你有空出来吃饭吗？"

"我得看看行程安排，你有什么要紧事吗？"

高小聪一下子被问得噎住了。"没……没什么，那你先忙？"

信息的另一端陷入了长久的沉默。

"还是可以见一面的，今晚喝一杯？"事情突然有了转机。

"好，好呀。"喜出望外的高小聪再次陷入了穿衣选择困难症。

冰块在琥珀色的威士忌里缓缓旋转，高小聪一点儿也不喜欢这个味道，嘴里满是烟熏火燎味，又没有二锅头来得直接爽快。要加冰的时候侍者还看了他一眼，就好像他提出了一个十分荒诞的要求。

妮妮姗姗来迟，依然闪亮，似乎身上的某种东西发生了变化。高小聪也说不上来那是什么，气场？装扮？表情？或者只是一种模模糊糊的感觉。

"再次恭喜你！"妮妮端起酒杯，与高小聪轻轻一碰，一举一动都那么优雅到位。

"也没什么大不了的，不就是那么个事儿嘛……"

"不过……"妮妮的目光变得迷离，"……我确实觉得你比上次帅了不少……"

"哈哈……是嘛……"高小聪尴尬地笑着，心里却是窃喜，进展不会这么快吧。

"我总觉得你心里有什么事情，阻止你去执行更大的正义，我说得对吗？"妮妮竟然凑近他的耳朵，轻轻吐息吹出如兰香气。

高小聪浑身一阵酥麻，几乎就要放弃抵抗。他用残存的意志力控制住自己，不要伸手搭上妮妮的纤腰。

"您、您真是厉害，确实有那么一件事……"高小聪犹豫了片刻，趁着酒劲，把那件困扰他已久的心事说了出来。

他第一次讨伐的女孩，是一个清秀可人打扮入时的少女。事情发生在一所学校的办公室门前，一名老者站在门口拿着一份文稿与少女交谈，少女似乎十分烦躁，言语举止时有顶撞。老者回到办公室内坐下，一会儿少女也进屋，门关上。过了几分钟，少女仓皇离开现场，门开着，而老者倒在了地板上。一直等到半个小时之后，才由另一位路过的学生发现，并叫来校医校警，但老者的身体已然僵硬，被抬上担架，盖上了白布。

高小聪后来从新闻报道读到，那是一位德高望重的经济学教授，被诊断为突发性心梗，意外身亡。报道上却没有提及任何关于女学生的事情。

他凭着经验判断其中必然有问题，于是讨伐了少女，并最终执行了正义，得到了看客们排山倒海般的叫好声。因为在他们看来，一个不学无术的富家千金，气死了为国为民的学界泰斗，这本身就是一件不可饶恕的事情。而高小聪却始终觉得，也许那个少女罪不至此，她那些痛哭流涕、茫然无措的表情，让他始终过意不去。

"听起来，倒是没什么太大问题，如果真的做了那样的事情，道歉也是应该的啊。"妮妮若有所思，"是不是还有什么隐情你没告诉我？"

高小聪喝光了杯底的酒，眼神发直，他又要了一杯，尽管他并不喜欢这个味道。

"拍完视频的第二天她就自杀了，从二十七楼跳下去，尸块都凑不完整，那么年轻好看一个小姑娘……"

妮妮叹了口气，也喝了一大口，拍拍高小聪的肩膀："人嘛，就得为自己犯的错付出代价。"

"也许吧……"

"好了，我要走了，你加油噢，这座城市没几个执行者，你有机会的。"妮妮凑到他耳边，故作神秘地说，"下次也许我们可以去看场电影呢。"

"一、一、一定！"高小聪发现自己的舌头有点捋不直了，目送着心中的女神消失在旋转门外。

　　一个月的夜班终于过去，高小聪的作息逐渐恢复正常，可他登录"微正义"的时间却越来越长。他在物色着能够被认领执行的任务，每当想起妮妮在自己耳边吐息的那句话，身体的某个部位就会不由自主地紧张。

　　事与愿违，本城被讨伐的目标却日渐稀少。从正面角度看，这说明了社会风气变好，没有那么多值得被讨伐的不义行径。但从另一个角度看，潜伏在这座城市里的执行者也变得越来越无足轻重，没有存在感，无论是在现实世界还是虚拟空间。

　　在执行者的私密社区里，也是论资排辈严重，高小聪所幻想的前辈提携后辈的江湖侠义之风并不存在，更甚的是，大部分ID都并非为了维护正义而选择成为执行者，他们有着现实生活中积压的情绪和压力，亟需一个释放出口。因此他们会潜伏在公开板块里，用文字煽风点火，营造出人人皆为公敌的氛围，让被讨伐的任务更快地打开"涅墨西斯之门"。就像是饥饿的豺狼等待着死尸，他们以制造愤怒为生。

一开始高小聪还感觉有些不适，但很快便融入了这种狂热的氛围，毕竟他也是在日常生活中经常受到顾客与老板双重欺侮的草芥，如今有了这么一个机会，可以以正义之名行泄愤之实，何乐而不为呢？

他又执行了几次任务，都是鸡毛蒜皮的小case，积分涨了，虚拟货币也入账了，但高小聪总觉得有些不满足。对于他来说，这些都太没有难度，远远比不上社区里的其他大神，他们所挑战的，是真正的奸恶之徒。而想要获得妮妮的青睐，他必须要成为真正的执行者，成为"他们"。

终于，高小聪等来了他的高光时刻。

事情就发生在离他住的出租屋不远的一个高档社区，据说那里的房子，就算高小聪在餐厅打十辈子工都买不起。这回不是发生在地下车库，而是在小区会所清晨的健身房里，但性质极其类似。一名戴帽男子尾随晨练的女住户到更衣间里进行猥亵，并成功逃走。

由于女更衣间里并没有安装摄像头，所以从男子进入到逃离中间发生的部分都需要观众进行脑补，但那名衣衫不整的女子追到门口，破口大骂，并用运动鞋愤怒砸向男子的画面，却是无可辩驳的事实。

"涅墨西斯之门"以迅雷不及掩耳之势开启，猎人倾巢而出，这样的事件最能吸引看客的火力了，讨论像某种兴奋剂般蔓延开来。

猎人侦察到的信息更是在社区里投下了一颗深水炸弹。这竟是一名惯犯，和上次高小聪讨伐过的妮妮被尾随侵犯事件是同一个人。这类受害人由于担心证据不足无法定罪，事后会遭到报复或者社会舆论的二次伤害，往往选择不报案，这就给了这种人重复作案的空间。

幸好，法律无法抵达之处，由"微正义"来捍卫。

在群情激愤中，高小聪几乎瞬间便按下了认领键。他分不清究竟是什么在驱使着自己，胸中膨胀的正义感？渴望得到社区看客们的崇拜与仰望？还是只因为这个人也曾经侵犯过妮妮？如果自己亲手执行了惩戒，是否从此以后妮妮便会高看自己一眼，甚至有进一步发展的可能性？也许是这几种理由的混合物吧。

临出发前，他给妮妮发了个信息，颇有点出师未捷先邀战功的意思。妮妮的回复让他鸡血满满。

她说："这样的人就该被好好教训，等你回来开酒庆功。"

高小聪选择了一个月黑风高的夜晚，下班后他先回了趟家，带上了送外卖的特制背包，里面装上了一些工具，以备不时之需，临出门前还灌了两口二锅头壮胆。

猎人的信息显示那个惯犯是个无业游民，平时靠倒卖一些非法数据为生。他独自一人住在一处待拆迁的破旧胡同平房里，平时几乎与人没有什么来往。要不是像妮妮说的，本城执行者太少，这种顺手的活儿估计轮不到高小聪头上。

他在胡同口远远地望见那屋糊着的窗户纸一角透出光，于是吸了口气，压了压帽檐，上前敲门。

过了好一会儿才传来窸窸窣窣的声音，问："谁啊？"

"您点的外卖到了。"高小聪说出这句话时，没有人会怀疑他的真实身份。

"唉？我这不才刚下单，你们也太快了吧……"门开了一条缝，露出半张男人的脸，正是视频里的那个人。

高小聪一脚连门带人踹开，反手锁好门。趁着那光头男子还没回过神来，用自己的体重把他死死压在地上，又从包里拿出绳子，将其手脚五花大绑，像是一只风干的腊鸭。

"你他妈谁啊，我没钱，你看上什么拿走好了……"男子嘴里叨叨个没完。

"闭嘴，再叨叨把你嘴也堵上。"高小聪把他拎到椅子上坐好，他在寻找最佳的灯光和拍摄角度。

"是不是老五让你来的？告诉他，欠他的钱我会还的，就下个月，不不不，就这个月底……"

高小聪掏出手机，对准男子的脸，由于室内灯光昏暗，他不得不打开闪光灯。

"上个礼拜五早上七点，你在哪？"

"上礼拜五……我操，那么早当然在家睡觉啊，在哪……"男子被晃得不行，满嘴飙脏话。

"再编瞎话就让你在这里烂掉。"

高小聪狠狠踢了一脚他的椅子，他突然觉得自己就是正义本身。

"噢噢噢……我明白了，你就是那些，上次那些什么执行者对吧？那些傻……"男子话说一半赶紧住嘴，换成一副嬉皮笑脸样，"我想起来了，那天我去了富国小区的健身房，那里的姐身材又好又骚……"

"你还来劲了你！"高小聪这回结结实实给了他一脚。

"欸欸欸？你这人怎么回事，不是说好执行者不动粗吗……你懂不懂规矩……"

"快说后来你干了什么？"

"我就跟着那姐进了更衣室，想拍点素材换几个钱嘛，大哥你肯定懂，一看你就是我们的目标客户群……"

"我去你大爷……你知道自己错了不？"高小聪感觉有点不对，怎么自己像是被这个男人牵着鼻子走。

"我错了大哥，我真的错了，我实在不应该……"光头男子几乎一字不差地把上次的忏悔又重新背诵了一遍。"……大哥满意了不？"

高小聪停止了拍摄，明白了这个人为何如此无耻无畏。不像其他的被讨伐者，光头男子不怕自己的不义之行被泄露，因为他便是以此为生，在暗网上的名声越大，他的生意便会越红火。

"所以你还会继续这么干下去……"高小聪像是在问对方，又像是在自言自语。

"那不废话嘛，有需求就得满足，你想知道什么细节，我都可以告诉你，就像上次我在地下停车场碰见一妞，那长相那身材那气质，啧啧……"

高小聪突然意识到他说的正是妮妮，顿时眼冒火星，某股从胸中蹿起的热浪席卷着击穿他的理性，也许是酒精吧，他想。

"别急，咱们今天有的是时间，咱们好好说道说道……"

说话间，高小聪把外卖包里的工具一样样拿了出来，在男人面前依次摆好。

高小聪坐在同一家餐厅里，等待着妮妮的到来。还是同样的座位，同样的精致氛围，但他的心情已经完全不一样了。

他买了一身定制西服，还在胸前塞进一条浅色丝巾，这都是从视频里学来的。似乎那些侍者看他的眼神都多了几分谄媚，他感到一种浑身上下说不出来的爽快感。

这次是妮妮约的高小聪。

这似乎也是水到渠成的事情，毕竟现在他是"微正义"最红的执行者，自从他上传了性侵者的忏悔视频之后，点击量突破了历史高峰，看客们的打赏也是水涨船高。高小聪摇身一变成为社区里的英雄，江湖上的新大神。因为他们从来没见过哪名执行者能够让一名成年男子如此痛哭流涕、痛彻心扉地忏悔自己的罪行。

妮妮来了，今天的她看起来似乎与前两次又有不同，像是带上了某种锋利的东西，随时可能切开身边平庸的现实。

"你真的做到了，恭喜你。"妮妮举起手里的红酒杯。

"其实我想说，是你帮助我发现了真正的自己。"高小聪已经把这句台词在脑海里演练了无数次，但话出口还是觉得别扭。

"我？别逗了，我什么都没做。这都是你应得的。"妮妮笑了笑，整个餐厅一下子黯淡了下来。

高小聪手机上弹出通知，来自"微正义"，同城又有任务等待执行。可他这时没有工夫细看。

"要不是你，我根本不会有勇气去成为执行者，更不用说教训那个侵犯你的混蛋。"高小聪特地强调了"侵犯你"三个字，果然妮妮眼中闪烁着崇拜的光芒，是时候了。"我想……你是不是愿意和我……"

"愿意听我讲一个故事吗？"妮妮突然停下了刀叉，语气变得严肃。

"当、当然……"高小聪被这突如其来的转折打乱了阵脚，甚至没有留意手机一直在弹出通知。

曾经有一个女孩，她的名字叫做雪莹。

她家境很好，长相也如名字般甜美单纯，似乎这样的幸运儿在世上不应该有任何的烦恼。但她始终觉得自己不够好，这大概归结于她的母亲，一个控制欲极强的女人，试图让雪莹相信，父亲离开这个家，全是因为她做得不够好。

雪莹从小就是乖乖女，什么事情出错她都会归结在自己身上，即便如此，优秀如她还是考上了某经济学大牛学者的研究生。看着那个须发皆白笑得像个圣诞爷爷的和蔼老者，雪莹打心眼里把他当成自己的父亲，一心要跟着他做好学问。

事情是从那个美好的图书馆下午开始变化的。

那束光打在习题集封面上的时候，本子上的手机也沐浴在阳光中。手机震动，跳出来一条新信息，导师让她来一下自己办公室，有一些课题需要布置讨论。雪莹没有多想，告别了闺蜜便匆匆离开。

后面的事情雪莹不愿意再过多回忆，无非是讨论课题的时候一扇关闭的门，过近的距离和令人不安的触碰，但一切都在有和无的灰色地带中。雪莹是个善于内归因的人，如果是直率火爆的闺蜜，可能当场就会翻脸，但是雪莹会怀疑自己，是她想多了吗？她常常会想多，连闺蜜都总是说她，你又想多了。

这些令人不安的小细节让雪莹有种难以启齿的羞耻感，羞耻感从何而来？她也不知道，也许是对自己有没有做错什么事情，给予对方错误信号的怀疑，也许是对自己没能当场表达不满的自责，她不清楚。但是羞耻是很强大的力量，羞耻压得她不敢说话，封住了她的口。

雪莹常希冀事情不会变得更坏，但事情往往会变得更坏。

得寸进尺的圣诞爷爷放话，如果她不从，便毕不了业。可这些话她从来不敢告诉闺蜜，哪怕已经被逼上了悬崖峭壁，雪莹还想着是否能有一顶滑翔伞从天而降。

又是一个下午，她又被叫到了导师办公室，不知从哪来的勇气，她和导师吵了起来。但是最后一刻，看着那个被当成父亲的老人，她心软了，随他走进了办公室。就这样吧，她厌倦了，该来的总是会来。可是身体不像思想那么听话，容易被说服，挣扎中老教授突然心梗发作，瘫倒在地。惊慌失措的雪莹从办公室里逃出来，全身瘫软，竟然都没有力气报警。

学校对于老教授的所作所为早有耳闻，只是位高权重且关系到学校名誉，只能睁一只眼闭一只眼，加上之前被他"照顾"过的女弟子都被安排妥当，既得利益，自然默不作声。"国宝"一死，学校自然想大事化小，小事化了，假装雪莹从来没有存在过，甚至利用雪莹生活中一些不希望为人所知的隐私来要挟她保持沉默。

偏偏就出了个"微正义"，偏偏就有那么个自认为正义的使者，找到了监控视频，跳出来讨伐了雪莹，口口声声说她害死了老教授。

这么一口颠倒黑白的大锅，就落到了雪莹身上。后来的事情，你都知道了。

高小聪顿时觉得自己手脚发凉："你说的那个雪莹……就是……"

"没错，就是我最好的朋友，你讨伐的不义之人，从二十七楼跳下去的那摊血肉。"妮妮眼眶泛红，望向别处。"为什么我没能早点发现她不对劲，她真的太傻了，把什么事情都往自己身上揽……"

"所以你不是……"高小聪努力梳理这一切背后的逻辑，某种直觉让他汗毛直竖。"……我也不是……"

"你以为自己真的变成了英雄？我为你的正义行为所吸引？哼，撒泡尿照照自己吧。一开始我还以为是我害死了雪莹。学校拿我们俩的关系来要挟她，后来我才觉察到原来是因为你……"

"你的意思是……"

"我根本不喜欢男人。我们俩也不仅仅是闺蜜。这就是为什么我这么恨你。"

"所以这一切都不是偶然……"

"不是。你以为世界上有那么巧的事情吗？我们掌握了你所有的浏览数据，分析了你在社区里的行为规律。地下车库那么多死角，你觉得为什么偏偏要选择那个地方实施性侵？"妮妮的表情变得冷酷而嘲讽。

"……包括引诱我成为执行者……"

"……你比想象中还要尿，所以我们多花了一些时间，但是一切都是值得的。"妮妮竟然点了一根烟。"人嘛，就得为自己犯的错付出代价。"

"那个男人……"高小聪脑中闪过的画面让他不寒而栗，他看到手机上满满一屏通知。

"演技很不错吧，花了大价钱才说服他呢，幸好你手软，不然他下半辈子只能在轮椅上过了……"妮妮往高小聪脸上吐出一口烟。

"为什么要这么对我？我只是……看走了眼而已……我的出发点是好的……"

"正视你自己的内心吧，你做所有这一切，真的是为了正义吗？还是为了满足一个看客的阴暗心理，发泄对现实的不满？是，你没有做错任何事情，你的恶却大于一切。"

高小聪默然，他竟然无力反驳。

"所以你打算怎么报复……"

"打开'微正义'看看吧。"妮妮嘴角一勾，姿态依然完美。

高小聪颤抖着打开手机界面，他对光头男人施暴的画面，已经被暗藏在屋内的几路摄像头悉数拍下，上传到了"微正义"平台。排山倒海的讨论不断刷新，谴责高小聪逾越界限，假借正义之名行邪恶之事，甚至威胁到整个平台的存亡。在看客们的煽动下，执行者们蠢蠢欲动，要集体对高小聪进行围猎，让他为自己的不义之举付出代价。

"祝你好运了，正义先生，他们可都在看着你呢。"妮妮站起身，指了指屋角的摄像头。

高小聪感到一阵猛烈的眩晕，手机还在不断地弹跳着信息，餐厅中的每一个人此刻都显得如此可疑，不，不只是餐厅里，大街上，公交车里，商场里，这座城市的每一个人，都如同暗夜丛林里的猎手，时刻准备着行使正义。

阎罗算法

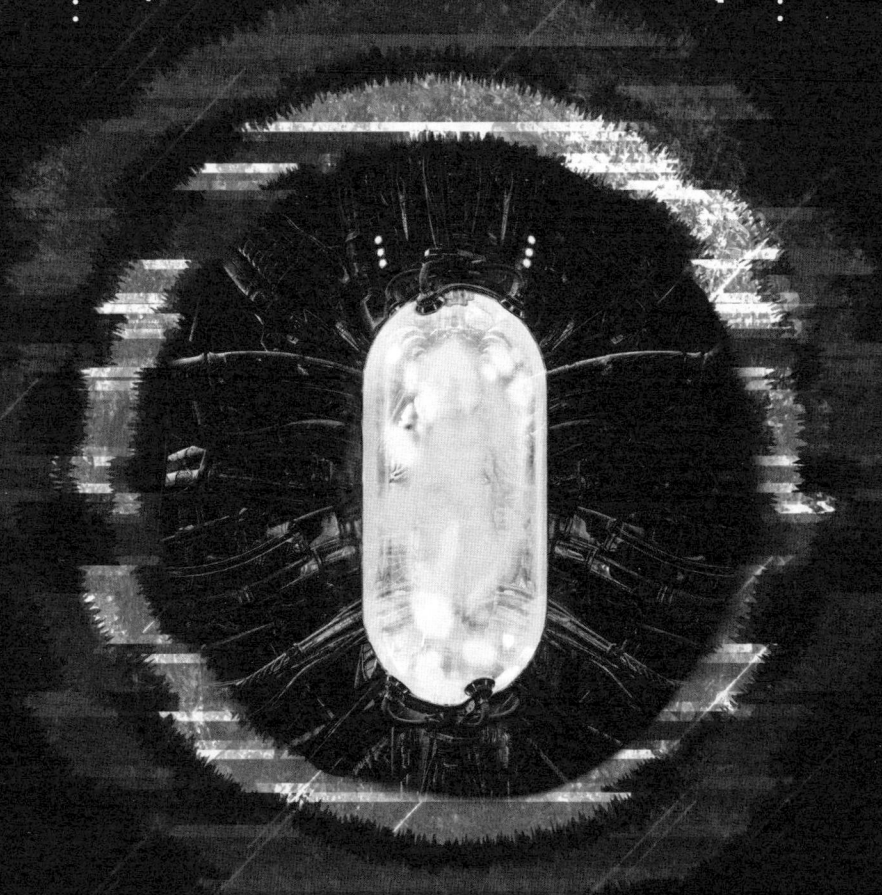

安琦最近心烦意乱，像是人生走到了一个交通灯坏掉乱闪的十字路口，不知道该往哪个方向迈出步子。

　　跟那个苍蝇般招人烦的追求者无关，吴宝骏吃了几次瘪后，似乎又把目标转移到新加入学生会的小师妹身上。这让安琦松了一大口气。

　　她是幸运的，作为一名Z大医学院临床专业本博八年连读的学生，已经读到第六年，还有两年就可以拿到博士学位，导师李成浩又是领域里的大牛，进任何一家大医院照理都不成问题，论烦心怎么也轮不到她。但她又是不幸的，这份不幸不单单属于她一个人，而是一整批临床专业的学生都在哀嚎。正当他们在课堂、实验室、实习单位之间疲于奔命地积学分、发论文、攒经验值时，一场无声的变革像黄梅天的潮闷之气，已经悄然降临在整个医疗系统。

　　今年的对口实习机会异乎寻常地少，许多医疗机构已经缩减甚至停止招收实习生，安琦也是托了李教授的人脉才在S大第二附属医院门诊部勉强挤了个位置。

　　跟她小时候印象中的门诊部完全不同，如今大部分头疼脑热的轻微病症患者都可以足不出户，通过移动端设备进行体温、体表、瞳孔、脉搏、血压等基础数据的采集，上传到云端平台由AI算法进行初步诊断，直接给出诊疗方案，十分钟内药物就到家了，根本用不着上门诊，所以也没有了以前那种人山人海的壮观场面。

只有那些云端无法解决的疑难杂症患者才会"肉身"看病。推行了多年的医疗大数据计划打通了以往医院之间的信息壁垒，让所有病人的历史数据都能流通起来，去训练出更聪明、更精确、更高效的 AI 诊疗算法模型，已经远远超出了人类医生所能达到的专业水平。只是出于伦理道德和法律问责的缘由，立法机构将 AI 定位为辅助诊疗工具，最后决策者还是人类医生。大部分的医生虽然拥有最后的抉择权，但是都不敢轻易推翻 AI 的诊断。

万一人类错了呢？医闹可是在哪个时代都惹不起的杠头。领导说，就让他们去砸机器好了。于是门诊部总会摆着几台看起来很贵其实只是花壳子的便宜货，供家属泄愤。

久而久之，世道真的变了，人类真的沦为帮机器打下手的勤杂工了。

每当安琦只能干一些杂事儿，像指导病人怎么使用采集设备，告诉老人饮水机的位置，甚至配合着家属唠唠家常撒撒谎的时候，她总会愤愤地想：当年考大学挑专业的时候可不是这么说的。当时招生办的老师还挥着一份报告，煞有介事地说："看看，未来 AI 取代护士的概率只有 6%，医生更低，才 2%！你们就放宽心吧！"

可未来就这么来了，来得猝不及防，像是夏日午后的一场暴雨。

实习生名额缩减只是一盏闪烁的黄色信号灯，它暗示着背后更大更剧烈的变化。安琦在医院食堂里听到一些小道消息，说有关部门经过长时间的观察，认为 AI 诊疗系统无论在效率还是准确性上都非常出色，已经完全可以承担社会日常的医疗需要，将成为今后行业发展的重点扶持方向。这也意味着，以后不再需要那么多人类医生了，那么，临床医科生的选择也就变成了转行，或者选择一个专精的科研方向钻进去，这也许就是一辈子的事情。

听到这个消息的时候，安琦像是嗓子眼被什么东西堵住了，完全没了胃口。这和她给自己规划好的人生道路分岔了。

安琦的爷爷、爸爸、叔叔、婶婶都是医生，从小就给她灌输了救死扶伤、悬壶济世的价值观。上一次席卷全球的大疫情中，她也亲眼见过许多垂危病人因为父亲的努力重获新生的动人场景。父亲眼中那种巨大的神圣感与满足感令她印象深刻，这也是她会走上这条路的重要原因。

现在倒好，医院有 AI 了，病人不需要你了，你继续回到实验室里对着大鼠和果蝇过完你的下半辈子吧。

安琦情感上实在接受不了，何况谁又能保证哪天同样的事情不会发生在科研和制药领域呢。

"奴啊（孩子），你怎么吃着吃着就哭了，饭菜不合胃口哇。"

一位穿着浅蓝色病服，光着脑袋的瘦老头站在安琦旁边，一脸关切地问她，声音如磨砂般嘶哑，身板单薄得像纸片，体态动作要比那张脸显得苍老许多。他身后还跟着一个圆滚滚的陪护机器人，柔软的白色头部变形成座椅形状，让老头坐下。他几乎是毫无重量地贴在上面。

"没、没事儿，吃太快噎着了。"安琦赶紧抹掉眼角的泪花。

"那就好。我呐，每个礼拜都要来这吃个红烧蹄髈，香死咯，可那个什么AI就是不让我吃，我就找人偷偷地给我买，嘿嘿……"老头露出了狡黠的眼神。

"那怎么行，您要严格遵照医嘱，吃出问题怎么办，把腕带给我看看。"安琦这时变了个人似的，像个真正的医生那样板起了脸。

老头像小孩一样乖乖地举起左手，露出红色塑料腕带，里面嵌着小小的芯片，可以精确到厘米级的定位、监测生物信号、同步信息、发出警报。

安琦用便携式设备靠近腕带，嘀的一声，屏幕上出现老头的病历档案数据。安琦滑动屏幕快速扫了两眼，脸色一下变了，她抬起头再次打量眼前这个老头，他还是若无其事地撕着蹄髈上的肥肉，动作僵硬缓慢，嘴角油光闪闪。

档案显示老头叫王改革，今年63岁，重症特护患者。十八个月前由于肿瘤破裂出血被诊断出肝癌，随即进行三次介入治疗，做右肝切除术，三个月后复发，由于之前数据入库配型及时，在广州做肝移植手术，AFP一个半月后降至正常值。十二个月前AFP缓慢上升，开始服用肝癌靶向药物，AFP反而快速上升，其间曾小幅下降然后开始反弹，药物II度手足皮肤反应。三个月前因头痛检查发现癌细胞脑转移，脑部肿瘤体积1.9cm×3.0cm×2.8cm，因无法手术入院接受放疗，同时改服一种激酶抑制剂，出现严重的药物副作用包括高血压、手足疼痛、肌肉痉挛、胸闷乏力等等。

他居然还能笑着在这里吃蹄髈。

"姑娘，叫我老王就好。他们说我现在被排在那个什么'LMA'计划里，说是机器能算出来我还能活几天，您能帮我看一眼我还有几天活头不？"

还没回过神来的安琦看到档案右上角有个红色的标签，写着"LMA"，点开一看，原来是"Lifetime Maximizing Algorithm"（最大化延长生命算法）的首字母缩写。里面简单说明了当AI诊疗系统对病人的治愈概率降为0%时，将依照病人或家属需求启动这一计划，目标是通过各种治疗手段及日常生活的精细化管理，最大化地延长病人的存活时间，可以精确到正负三天。

那个鲜红的数字"0"显得尤其刺眼，时间点正是老王被发现癌细胞转移到脑部的当口。

安琦的手指在空气中犹豫了片刻，最终还是没有点开下一页。

"不好意思老王，我只是个实习生，权限不够……"

"无事无事，不在乎这多一天少一天的。"老王幅度很小地摆摆手，动作显得有些滑稽。安琦知道这是为了避免出现肌肉痉挛，药物副作用之一。

她慌乱地告辞，逃也似的离开了老王的视线。她受不了那种死亡往脸上吹气的感觉。

老王摆手的动作和那个红色的0%像鬼魂般缠着安琦，不断回放，让她心里不得安生，总觉得有哪里不太对劲。同科室的赵阿姨看她呆呆的，问小姑娘怎么了，是不是失恋了。她便一五一十地说了遇见老王的事情。赵阿姨听罢点点头，说这个老王是蛮可怜的。

原来老王在这 S 大第二附属医院里也算是个名人，他生病前是个不大不小的潮汕老板，正在谈被上市公司并购，就出了这档子事情。花钱请了最好的主刀医生，吃最贵的靶向药，可命就是不好，被 AI 判了死刑。两个儿子为了公司大权顺利交接，也为了走完并购流程，于是给老王上了 LMA，务求尽量延长在世时日，却一直不把 AI 算出来的日子告诉老王，只是让他必须严格按照 LMA 的方案吃喝拉撒，精确到分钟。老王一辈子当惯了王总，指东下属不敢往西，这下倒好，成了机器的提线木偶，别看脸上笑嘻嘻，心里苦不堪言。但是戴上了红色腕带，想自杀都没戏，系统会提前判断并加以防范，约束其异常举动。

老王见人就说，受的是活罪，判的是死刑。

听完之后，安琦心里对老王又多了几分同情。

"那他到底还有多长时间？"

赵阿姨打开界面瞟了一眼，"九十一天，正负三天。"

不到三个月。安琦默默地记在心里，想起到那会儿自己应该实习期已满，不知为何如释重负。

晚上导师发来信息，问实习得怎么样。

安琦写了删删了写，最后只留下一句，谢谢导师给这么宝贵的机会，希望不会给您丢人。

过了好一会儿，导师才回过来一句，丢不了人，我让你去实习，就是让你别光盯着数据，好好跟人打交道，搞清楚人的需求，这年头要当好医生，可不光是看病开药。

安琦若有所悟，回了一个表示"明白了"的猫咪表情包。

吴宝骏不识时务地发来一堆信息，安琦瞄了一眼，他又在好为人师地教育她还是得走产学研结合的路子，当医生没前途，还必不可少地提起他那当投资人的爹，口气就像是把安琦当成一个有待孵化的项目，看得她直胸口憋闷，脑壳生疼。安琦突然火气上扬，三下五除二把吴宝骏拉进了黑名单。

油腻腻的世界一下子清净了。

第二天，她又在活动中心撞见了老王。老王带着陪护机器人，正跟工作人员扯着嗓子理论着什么。

"怎么回事啊？"

"奴啊，正好你来了，你跟他说说，我是不是快死了？"老王看到安琦像见到了救星，把她拉到身边。

"……"安琦一时语塞，不知道该说什么好。

"根据规定，戴红色腕带的病人，需要严格按照系统制订的计划来生活，我这边没有收到这条任务请求，这是为您的健康负责……"工作人员说话口气也跟机器差不多。

"我就想死之前打个乒乓球，怎么就不行了！"老王嘶哑的声线艰难地抬高了八度，活动中心其他病人都扭头看了过来。

"王叔叔……老王，"安琦心头一动，哄着激动的老人，"我陪您聊聊天吧，您看您那胳膊，也不方便挥拍不是。"

老王气呼呼地往陪护机器人脑袋上一坐，机器人就变成了轻便助力车，把他托到了旁边的花园里。阳光下，红的花，绿的草，闪着金色光泽，像是有生命力溢出来，喷溅到老王的脸上，似乎气色也红润了起来。

"奴啊，你叫什么名字啊？"

"安琦。"

"这名字好，听起来就很有活力。"

"您为什么想打乒乓球？"

"想吃的不让吃，想玩的不让玩，这活着还有什么意思，关键想死还不让死。"老王嗤地发出一记冷笑，让安琦心头一颤。

"活着多好，干吗想死……"

"那是你没被 AI 阎罗判死刑……"

"AI 阎罗？"

"被拉进 LMA 计划里的人都这么叫它，阎罗要你三更死，谁能留人到五更。"

"哦……"不知为何安琦突然有点想笑，她使劲忍住。

"开始大家都是很怕的，怕死，怕不知道自己什么时候死，就像是脑袋里被装上一颗滴滴答答响的定时炸弹，你自己还看不见倒计时，你感受感受。"

"是挺吓人的。"

"后来 AI 阎罗告诉你，要想活得久，就得照它说的做，大伙儿都说这叫阎罗王送礼呢。按点起居作息，吃什么都精确到克，药不能停，要是第一种药让器官衰竭，又得加第二种药抗衰竭，又过敏，手指关节肿得像胡萝卜，晚上疼得睡不着觉，再加第三种，又便秘，再加，补丁上打补丁，没完没了，人都活成了药罐子。可 AI 阎罗只有一个目标，就是让你活得越长越好，才不管你活得开不开心，痛不痛苦，有没有尊严。这份大礼，我怕是受不起呢。"

"可你自己不也想活得久一点吗？"

"要是我能说了算就好啦，上 LMA 是两个龟儿子软磨硬泡让我签的字，说不这么做会让人背后说闲话，说潮汕人就讲究个孝字。其实我心里明白得很，都是为了生意。如果我提前走了，就像一家店的金字招牌被拆了，收购对价肯定会受影响。"

"原来是这样。像您这样的……病人还有多少？"

"十几个吧，都是被判了死刑的，掐着手指头数日子，难受着呢，只能互相鼓励，再熬一熬，说不定明天就到头了。"

安琦陷入了沉默，她没想到一项设计用来帮助病患尽可能延长寿命的科技，竟然会变成一场肉身与心灵的双重酷刑，这里面肯定是哪里出了问题。

"安琦姑娘，你能不能答应我个事儿？"老王突然开口，眼睛却还直直地盯着远处的绿树。

"您说，我尽力。"

"下次给我带瓶酒吧，不，就一口，最容易搞到手的那种就好。"老王的眼睛突然放出精光，像是回光返照。"你说人真是有意思，酒把我害成这样，可我还老惦记着，惦记得不行……"

安琦面露难色："老王，我不知道……我真的……"

"唉，我晓得……不难为你了。"老王眼里的光又黯淡下去，像两口枯井。

"您再坐一会儿，我得回去了。"

安琦又一次逃跑，留下失神的老王和满园浓得化不开的夏色。

安琦借助学校图书馆数据库和智能助手，很快生成了一份关于临终关怀研究的概述报告，涵盖了过去十年的最新研究成果，大多数成果来自海外学术及医疗机构。

她认真做着笔记：

……每个个体的死亡观都是不同的，需要区别对待……

……从否认到恐惧到接受死亡是一个普遍的心理转化过程……

……鼓励病患将死亡诊断作为一个重新评估自己与他人关系及生活价值的机会……

老王近乎哀求的眼神在她眼前闪现，挥之不散。

安琦从屏幕前抬起头，像在心里做了个决定。

她的手机突然猛响起来，是一个陌生号码。接通后，竟然又是阴魂不散的吴宝骏。

"你这人怎么回事，我都把你拉黑了……"安琦怒气攻心。

"这世上就没有我吴宝骏打不通的电话，先不说这个，我得到内部消息说你们医院被攻击了，你没事吧？喂喂……"

医院？攻击？安琦耳边一片嗡嗡作响，她都不知道自己怎么挂了电话，又怎么拦了车来到医院。

门诊部一个人也没有，这可是从来没有发生过的情况。各种猜测从安琦脑海里滚过，她试图联系赵阿姨，可是信号没有接通。所有的屏幕上都是一团杂乱拼贴的色块，扭曲、抽搐、失真，像是机器也在垂死挣扎。她终于抓住一个奔跑经过的护工，那个男孩脸色煞白，满头大汗，说医院的系统被黑客攻击了，所有自动化智能服务都瘫痪了，现在医护人员都在抢救那些急重症患者。

攻击？黑客？为什么？怎么办？

安琦脑袋嗡嗡作响，手足无措，像是再次站在喇叭乱响、信号灯乱闪的十字路口，不知道该往哪个方向迈出脚步。她的手指不经意间触碰到白大褂兜里那硬而滑的物件，想起了老王，心一下子揪到了嗓子眼。

安琦小跑了起来，她担心失去了系统约束的老王会做出极端选择，来提前结束这一切。

医院里到处是病人与家属，受惊动物般游荡着，试图抓住任何一个看起来像医护人员的过路人询问情况。有些情绪不稳定的人开始啜泣，哭声如传染病般蔓延，高低起伏，带着不同的音色和节奏，宛如一首多声部的大合唱，唱得安琦心里发毛。

人们过于习惯生活在机器之翼的庇护下，冲击之下，没有实时监测数据，没用药指引，没有通过高速网络与云端诊疗系统搭连起的生命线，人们自觉像被撬开的贝壳，裸露在险恶自然中，内心的脆弱便被无数倍地放大出来。

她终于找到了老王，还有其他几个同样被 AI 阎罗判了死刑的囚徒。

和外面那些鬼哭狼嚎的病号不一样，这些真正死期将近的人，静静地待在特护病房的活动室里，像是断了线的木偶，姿态各异，却都保持静止，像是在思考着什么终极的宇宙命题。

安琦走进房间，看到了地板中央一堆被剪断的红色腕带，章鱼触手般纠结成团，心里明白了几分。

老王看到她，神情有点紧张，颤巍巍地站起来向众人辩解："不是我叫她来的。"

安琦："是你叫我来的。"

老王："我叫你来做什么？"

安琦："给你带礼物啊。"

安琦说着把兜里的东西给老王透露个形状，一个扁扁方方的瓶子，老王的眼珠子一下子直了。

老王："噢，对对对，带礼物，快给我。"

安琦往后退了退，躲开老王伸出的手："等等，你们这是要干吗？"

老王满脸堆笑："不干吗……"

"出去玩啊，好不容易等到 AI 阎罗宕机这一天。"一个脸色苍白的瘦弱男孩憋不住了。

"玩什么玩，没有系统监护，我们怎么按时吃药，怎么吃饭，怎么知道病情没有恶化，分分钟去见上帝好不啦！"一位戴着夸张卷曲假发的阿姨声线尖利。

"反正都是死，早一天晚一天有什么分别，早点解脱还不用受这份活罪，你说对吧，老王。"一个大叔脸色黄得吓人，那是某种靶向药的副作用。他的话引起众人点头附和，目光又聚焦到老王身上，老王却没有接话，斜眼看安琦的反应。

安琦点点头："大家好，我叫安琦，今天我是你们的特别陪护员，咱们来做一些不需要 AI 和数据的游戏，老王，你来帮我组织一下，好吗？"

她有意无意地把手放在衣兜的位置，手指鱼饵般抖动着。

老王舔了舔嘴唇，像是很渴的样子，喉结上下一动，唉了一声，也不知道是无奈还是松了口气。

"大家都听安琦大夫的，都到我这边来……"

受攻击四小时后，S 大第二附属医院的信息系统模块陆续恢复运转，这时从其他医院临时抽调增援的医护人员还没有完全到位。机器的容灾能力顿时凸显优势。

首先恢复的是边缘计算模块，允许一些基础诊疗应用从本地存储调用数据，解决一些计算量不大却关系到病人切身感受的问题，比如对病房环境（温度、湿度、光照、色彩等）的智能控制，比如生物信号的实时监控和显示，让病人感觉自己的身体再次回归掌控。尽管如果没有 AI 的解读，大部分数据对于普通人而言毫无意义，但正是这样的认知小伎俩足以安抚人们的焦虑情绪。

系统完全恢复正常已经是当天深夜的事情，网络犯罪科的警官也同步展开工作，初步调查结果将嫌疑人圈定在几户与院方产生过医患纠纷的病人家属。他们先是质疑人类医生的诊断有误差，当被告知 AI 系统也做出同样诊断后又将矛头指向机器，总之质疑一切与他们脑中预设不符的结论。

当然他们最终还是需要借助技术代理人来实施复仇计划。

安琦等到所有 LMA 病人都换好红色腕带后才离开，回到住处已经筋疲力尽，迅速进入梦乡，丝毫没有想过自己将面对多么大的麻烦。

第二天，她睡到将近中午才一下翻身惊醒，手机上一整屏未接来电和信息提示。她脸都没来得及洗，蓬头垢面地就往医院奔去，却不是去门诊部，而是直接被叫到副院长办公室。

进了门发现导师李成浩已经在那坐着，脸色铁青，劈头盖脸就来一句："安琦，你可真没给我丢人。"

副院长倒是态度很和蔼，先让安琦坐下，又给她倒了杯茶，问她昨天是不是累坏了。

安琦一脸茫然，说还好，平时也不怎么忙，昨天属于特殊情况。

导师一听噌地站起来："你也知道是特殊情况，怎么就那么自作主张。"

安琦："我……我怎么了？"

副院长对李成浩使了个眼色，让他冷静下来，又转向安琦："小安啊，现在是这么个情况。有几个 LMA 计划的病人家属投诉你，说你的行为违反了之前他们与院方签订的协议，干扰了正常的诊疗程序，还有人对你的医德提出质疑……"

安琦像是被人当头浇了一桶冰水，透心刺骨的寒意，她张了张嘴，却什么都没有说出来。

副院长继续说："所以我们调出了当时的监控视频，需要你尽可能详细地告诉我们，在系统宕机的那段时间里，你究竟对病人们做了些什么？"

雪白墙面随着副院长的手势闪烁了几下，出现了昨天在活动室里的一幕，病人围坐成一圈，中间是一团被剪断的红色腕带，像将熄未熄的篝火。安琦游走在病人与篝火间的空白之处，手里比划着，嘴里说着什么。那些生命进入了倒计时的病人，听着听着，脸上竟然也露出了一丝笑意。

安琦感觉左肩落了一只鸟，惊愕地回头，原来是导师的手。

李成浩脸色有所缓和，说："安琦，这不只是为了医院，也是为了你好。说出来，我们都会帮你的。"

安琦点点头，略为沉吟了一下，便配合着画面的节奏陈述了那天后来发生的事情经过。

首先是引导病人说出自己对于 LMA 项目的理解，以确保他们没有被误导、隐瞒或者产生认知偏差，避免预期错位。

还好，所有人都知道死神将至，没有人会期待 LMA 带来奇迹般的转机，只是尽可能地延长生存时间。阎罗送礼，多一天算一天。

接着，安琦让每个人通过量表评估自己对于目前生活质量的满意程度，1 分为最不满意，10 分为最满意，平均分 3.2 分，也就是非常不满意。每个人不满意的点有差异，但基本集中在"信息不透明""治疗所带来的副作用"以及"无法自主选择生活方式"这几个选项上。

副院长的眉头抬了抬，流露出一丝不易觉察的讶异。

安琦继续，她做了一个假设，如果每个人都只剩下十天的生命，每天只能选择做一件事，你将会如何安排你剩下的时光。她邀请每个人都说出自己的心声。

一开始有些艰难，大部分人陷入了沉思，久久不愿开口。尽管他们心里早有准备，可当把一项残忍的假设作为事实摆到自己面前的时候，这种认知与情感上的冲击力是巨大的，这意味着你将需要从一个与以往截然不同的视角去定义你的人生价值。

那个脸色苍白的男孩首先打破了沉默，他站起来，手舞足蹈。他想把想玩没玩过的游戏都玩一遍。

此时此刻，什么对于你而言是最重要的，显然不会是金钱、权力、性或者其他功利主义的满足感。大部分人提到了情感关系，希望能够利用余下的时间来修复或重温曾经美好的亲情、友情与爱情，却往往不知从何入手。

黄脸大叔说起自己的心结，他和女儿已经十年没说过话了。这次把他送进 LMA，也是女婿一手操办，女儿每次来都是匆匆放下礼物就走。大叔明白女儿是在报复自己。年轻时，他觉得领导重要、生意伙伴重要、朋友兄弟更重要，却缺席了大多数女儿人生中的大日子：生日、成人礼、毕业典礼……甚至婚礼。他总是吩咐手下购置昂贵礼物替自己送到，甚至连贺卡也是由秘书代笔。他以为这样就足够了，女儿却越来越把父亲当成一个陌路人。

黄脸大叔说着，两行浊泪止不住地淌下，他心里明白女儿不肯原谅自己，却还要让父亲尽可能长久地活着，孤独地活下去。这对于他，是比病痛更为残酷的惩罚，他却不知道该如何去化解这份经年累月的怨恨。

他的讲述在哽咽中停止，所有人都陷入了沉默。

还有人提到了久被耽搁的个人愿望，多半来自年长者与事业型人士。他们习惯于扮演掌控一切的社会角色，将来自外界的期许刻意伪饰为内驱力，却忽视了潜藏在内心深处的渴求，哪怕是最简单的小小心愿，都会被无限期地拖延，被列入最为可有可无的事项行列。

只有在确定的死亡面前，人们才能看清自己的生活，卸下沉重不堪的包袱，去重新排序，去尽可能地拥有快乐而不留遗憾。

画面上，老王痛哭流涕，他觉得自己并没有真正地为自己活过。其他人紧握着他的手，感同身受。

列出了十项愿望清单之后，安琦又给了大家一个新的假设，如果你们现在还有一百天，你会如何制订详细的计划，把这张愿望清单尽可能完美地落实到每一天每一小时，甚至每分每秒。

戴假发的阿姨突然站了起来，发套差点脱落，问，我们真的还有一百天？欣喜之情溢于言表。她代表了所有其他人的感受，从十天到一百天，生命像是突然彩票中了奖般被延长了十倍，哪怕只是假设。

在那一瞬间，安琦几乎要落泪，她想起自己那些被闲聊、发呆、垃圾综艺以及吴宝骏冗长的语音信息随意浪费的生命，对于面前的这群人来说，却是比黄金钻石还要珍贵千万倍。

她没有正面回答，只是让大家"想象这是一份从天而降的大礼"，然后把讨论后制订的计划与自己的家人沟通。

副院长突然打断安琦："所以你并没有建议他们停止服用药物或者不再接受治疗？"

安琦摇摇头："没有人能够替他们做决定，就算是家人，也需要尊重生命最后时刻的意愿。这才是真正的爱吧。"

画面中，那些行将就木的病人像是在安琦施下的魔法中恢复了活力，他们脸上绽放着光彩，挥舞着手臂，围绕着那堆碎裂的红色腕带大笑起舞，仿佛回归到久远的文明之初。那时候人类与世界还依靠着萨满与鼓点相联结，万物都充满了灵性，死亡也不是生命的终点，而是开始新的轮回。

房间突然亮起，篝火聚会被打断了，系统恢复了，工作人员进来为每个人换上了新的红色腕带。安琦跟每个人握手道别后，离开了房间。

副院长暂停了视频，看了看李成浩，后者眉头紧锁，许久才开口。

"你是从哪知道这些的？"

安琦似乎还沉浸在刚才的情绪里，喃喃地回答："……图书馆的数据库……"

"所以你觉得自己能够比 LMA 做得更好，就靠这些网上看来的东西……"

"老师，您让我好好跟人打交道，搞清楚人的需求，别光盯着数据。我觉得，这些人需要的不是冷冰冰的日程和治疗方案，他们需要的是温暖，是爱。需要被优化的不是生命的长度，而是品质和体验。"

导师张了张嘴，竟无言以对。

副院长站出来打圆场："小安说得也没错，只是可能方式上稍微鲁莽了一些，年轻人嘛，可以理解。我刚才其实只告诉了你一半，还有另一半……"

安琦眼中透着问号。

"……投诉你的是病人家属，但是所有 LMA 计划的病人，一致要求你加入计划，成为常设的陪护员，陪他们走过这最后的时光……"

安琦的表情由茫然逐渐透出光亮，最后露出了一个大大的笑脸。

李成浩听到这里松了口气，也面露微笑，但这微笑没有维持太久，又被新的疑虑打断了。他指着画面里的一个人影问安琦："这个病人是要做什么？"

那是老王，他伸手拽住正要离开的安琦的大褂一角，像是有什么急切的要求。

副院长挥手让视频继续播放，老王跟着安琦来到室外，切换到走廊视角，安琦掏出一个小瓶子，左右看了看，老王一把抓过，朝嘴里灌了起来。

"你给他喝的是什么？"副院长和李成浩同时瞪大了眼睛。

安琦面露窘迫，憋了半天，只说出两个字——

"礼物。"

老王双目微闭，躺在病床上一动不动，身上接满了各种管道电线，连到周围闪烁着数字与曲线的仪器上，活像是个半人半机器的赛博格。

安琦悄悄地在床边坐下，生怕惊扰到老人，毕竟现在已经进入了 LMA 所谓的"倒计时"阶段，老王已经濒临弥留之际。

"是安琦吗？"没想到老王先开了口，"……一直等着你呢。"

老王更瘦了，每吐一个字都艰难而缓慢，像是用尽全身力气。

"我今天是来检查作业的哟。"安琦拿起平板，屏幕上出现一个表格，她往下滑动，用手指打着钩。"……停止化疗和副作用太强的药物……和每个家人谈心……吃一顿心爱的大餐……写信给人生中最好的朋友们……准备告别礼物……这些都完成得很好。设计自己的葬礼，这个你想得怎么样了，老王？"

老王嘴角露出一丝熟悉的狡黠笑容："都交代好了，到时你一定要来噢，我给你准备了个惊喜……"

"放心吧，我一定会到。"安琦心头突然涌起一阵伤感，这样的对话她还将会重复上许多次，跟许多不同的人告别。

院方经过与病人及家属协商之后，达成妥协意见，允许聘请安琦作为 LMA 计划的特别陪护员，在追求最大化延长生命的 AI 算法与追求生活品质与尊严的临终病人之间扮演一个中介，一个人性化的情感缓冲地带。

经过这次突发事件，院方与技术供应商打开了新的思路。特别陪护员根据对病人的共情理解，帮助 AI 来制订不同的个性化医护方案。在乎剩余时间长短的，与关注日常生活质量的，将得到不同的建议，包括是否告知预期死亡时间，是否采用 LMA 算法，等等。在理性与科学之外，病人们拥有了更多人性的维度，来达到生活质量与延长寿命之间的平衡。

比起寻常的医护人员，特别陪护员需要花更多的时间来了解病人、陪伴病人、安慰病人，与病人一同制订临终计划。除了医学与护理知识外，共情能力与沟通能力尤其重要，将成为特别陪护员的核心技能。

在 S 大第二附属医院的示范作用下，其他医院也纷纷跟进，学习新的"AI+ 人"临终关怀模式，而安琦自然而然成为传授经验的模范，被邀请到各大医院进行分享。同时作为一个新的工种，"临终特别陪护员"的职业标准与规范也提交到行业协会进行讨论与制订。

原本迷惘的安琦突然眼前一片绿灯，这是一条她从未想过要走的路，如今却平地而起。她心怀感激，但惊喜还远远不止于此。

"安琦啊，我还想最后再加一条……"

"您说，我记着。"

"……我还想要你送我一份礼物，嘿嘿……"老王的眼神突然亮了起来。

安琦抬起头，又是好气又是好笑。

"我说老王，你别以为自己活得比 AI 预测的时间长就了不起了，你那是运气好……"

特殊陪护员像是启动了某种尚未得到科学验证的安慰剂效

应，一些病人的预计寿命竟然开始"逆生长"，甚至超出原先 LMA 算法计算出的上限。对于一些等待新药投入临床试验或者器官移植排期的病人来说，这不啻给了他们二次新生的希望。许多机构纷纷开展研究，希望探寻情感或者心灵抚慰在疗愈过程中长久以来被低估的重要性。

也许人类一直低估了爱对于死亡的抵抗力。

"可你上次骗了我呀，那又不是真的……"在即将说起那个字眼的时候，老王赶紧住嘴。

安琦做了个鬼脸，上次她给老王的是一种经过基因改良的大麦饮料，口感上非常接近啤酒，但不含酒精成分。

"好吧好吧，给你记下了，只要你加油，我会把礼物给你的。"

"说话算话，拉个钩吧。"

老王像小孩般颤巍巍地抬起小指，安琦笑着，也伸出小指钩住，用力地拉了拉。他们两人心里都清楚，这近乎玩笑般的举动，只是情感上的安慰剂。安琦不可能违背医院规定给老王喝酒，老王也不可能把这样的承诺当真。两人像是默契良好的演员，配合着上演一幕不说再见的告别戏，一切都尽在不言中。

"老王……"

安琦突然一阵哽咽，像是有巨大无形的石头压在肩上，那正是父亲口中经常提到的"神圣的重担"。她希望所有的数字和曲线都停止变化，就让时间凝结在这一刻，就像眼前的这位老人拥有了某种永恒的生命。她深深吸了口气，努力不让眼眶里的泪珠成形。

老王微微一笑，说出了最后的台词——

"安琦啊，比起阎罗王来，我更喜欢你的礼物呐。"

赢家圣地

我们的未来走进了赌博模式。

— 贝尔纳·斯蒂格勒 —

吴先生已经在车里坐了一个小时。这个时间段进出地库的车很少，他感觉自己就是停车场的主人，可在倒入车位时，还要小心不要剐蹭到旁边路虎的后视镜。

一百米外就是电梯间，电梯上八楼就是温暖的家，家里洋溢着橘黄色的光，儿子会争抢着帮爸爸把衣服和包挂起来，女儿一如往常安守在桌旁，乖巧如陶瓷套娃，妻子已经准备好可口的饭菜，香气四溢，等待着一家人开始幸福的晚餐。

可是男人一步也不想离开自己的黑色仿皮座椅，他调暗了车厢灯光，这让一切显得苍白而黯淡。他手里反复把玩着一张炭黑色卡片，上面有着烫银纹路和定制字体。他在思考着什么，似乎这张卡片上承载着无法言说的重负，甚至超过了他现在拥有的一切。

刚入住的时候，他想过把旁边的车位也买下来，毕竟自己车大，停起来方便。可一打听那车位早已售出，主人是某领导秘书的女儿。毕竟能住进这高档小区的，非富即贵，男人万万没想到，经过一番努力，早已成为金字塔尖上的人中龙凤，住进了这里，还是得跟人抢。

这简直是他整个人生的缩影。

从小学到考博，他总是第一名，也许有那么几次意外跌落王座，他会深深自责，并用加倍的努力来弥补。倒不是父母催逼，而是自打生下来之后的整个成长环境，都充斥着一种莫名其妙的氛围，人像是拉满的弓，蓄势待发，没有一刻能够放松下来，自由自在地玩耍，就好像倘若人一泄劲儿，天就会塌下来，世界就会末日。

直到很久之后，他才明白这种病态的感觉叫做"过度竞争综合征"。

与之伴生的还有"低风险偏好"，男人做出任何决定之前，都会经过极其理性甚至是偏执的计算与分析，他要确保自己的所有路径毫无差错地落入社会预期的区间。他无法忍受自己变成一个所谓"落伍者"，更不要提"零余者"。因此他跟相恋多年的女友分手，只是因为她无法满足成为一个贤妻良母的必要条件，然后迅速地与一个条件相符的相亲对象确定关系与婚期。

人生没有 NG。这是他的座右铭。

事实上他也做到了，博士毕业之后凭借着过硬的专业知识和不计回报的勤恳付出，他在公司内迅速蹿升，成为区域内最年轻的投资策略总监。相继降生的两个孩子也没有拖慢他前进的步伐，毕竟他选择了一位愿意任劳任怨，承担起大部分维护家庭及养育职责的妻子，哪怕为此不得不牺牲她自己大好的艺术前程。

两人之间话越来越少，摩擦越来越多，甚至大部分时间都是分房而睡，但在外人面前却仍然得表现出完美的中产阶级家庭形象，就像从杂志广告上走下来的那样毫无裂隙。

可是，身边的所有人不都是这样的吗？这有什么问题吗？

吴先生也是这样想的，当他坐稳了某一个区域高管的位置之后，看到自己就像一列匀速驶向终点的火车般，坚定而心无旁骛地就这么开下去，开下去，直到引擎的轰鸣停顿，车毂摩擦着铁轨缓缓靠站，车头撞击保险杠发出最后巨响的一天。

可是他错了。

幻象并非一日建成，却有可能在一夕间崩塌。

男人清楚记得自己崩溃的那个瞬间。某一个周一，天飘起了细雨，午休后回办公室的电梯间充满了潮湿的气息。他看着那些年轻的、斗志昂扬的面孔与肉体不停进进出出，而自己仿佛被逼进了一个死角，只是看着楼层数字不停往上跳动，一阵极度惊恐的感觉突然攫住他的胃部。他不得不提前挤下电梯，跑进卫生间，大吐了一场。

面对着镜中难掩衰老的苍白面孔，他试图用理性逐条批驳这种突如其来的恐慌情绪，让自己觉得好受一些。也许是这个季度的业绩考核不太理想，也许是新来的对手虎视眈眈，但他很快明白，这种绝望并非来自外界的威胁、那些进击的年轻人，或者是日新月异的科技，而是来自内心深处，一种身份的僵化，像是冻结在冰块里的鱼虾，只能永远保持同一个姿势，再也没有其他的可能性，直到腐坏变质。

他那貌似完美的家庭也是这巨大坚冰的一部分，最接近核心也是最寒冷的部分，完全没有改变的余地。

这个季节地库里已经有点冷了，后视镜上蒙了一层水雾，他并没有发动引擎打开空调，只是用手抹去那层雾气，露出了一张愈加疲惫的脸。

吴先生清楚自己必须做点什么，哪怕只是一件微不足道的事情，让自己感觉还活着，还有力气可以蹦跶，去对抗这种腐坏的趋势。每当他进入会议室，环顾四周，看身边的那些衣着光鲜、谈吐不凡的成功人士，他们各自有着小小的自留地，一块不为人知的私密空间，也许是几个情人，也许是假借出差名义的赌博，也许是极限运动，也许是药物，也许是秘密宗教，不一而足。但那些都不是他想要的。

他究竟想要什么呢？

第一次意识到这个念头时，他自己也吓了一跳，就好像从石头中蹦出了花朵。就像卡尔·荣格所说的，是中年人而不是年轻人，才需要用"神圣体验"去帮助他们完成人生下半场的谈判。

那张卡片在指尖变得烫手，像是烧红的钢板。

它来自吴先生这辈子最为信任的一个人，甚于父母。但恰恰因为如此，当导师老柳递来这张卡片时，他犹豫了。

老柳接到久未联系的学生吴谓打来的电话，听着那边欲言又止的客套话，知道这个当年被寄予厚望却又辜负了自己的年轻人肯定是遇到了什么事儿。

"你来看看我吧，正好我生日也快到了。"老柳这么说着，他明白没几个人知道自己真正的生日是哪天。

老柳从来不是那种跟学生走得很近的人，当其他同行的师门为导师张罗寿宴或者各种庆功聚会时，他往往只是笑笑走过。该拿的不该拿的奖也都拿得差不多了，学问研究方向从应用数学转到拓扑数论也有几十年了，离现实生活越来越远，也许在孙子辈的有生之年里都看不到转化成实际工具，改变世界的那一天。哪怕只把现实的轨道撬动一点点，他都会心满意足，可是没有任何希望。搞这些歌舞升平又有什么意义呢？

想到孙子，就会想起儿子，就会想起早走的老伴儿，往事就像一串珍珠般一颗颗从回忆的缝隙里掉出来，滴溜溜地滚得满地都是，拾捡不起来。老柳不敢去捡，更不敢细琢磨，每一颗都会让他钻心地痛，他宁可等着它们滚远，消失在视野尽头。他觉得这是最符合理性的做法。

快七十了，没几天清醒日子了，想到这儿，老柳总会觉得释然。这辈子经历过的起起落落也够写出一柜子书了，得失寸心知，不到最后关头真的不好说谁输谁赢，话又说回来了，在死亡面前，谁敢说自己能赢？

不知从什么时候开始，老柳一改以往的孤傲超然，竟然开始主动联系起学生和朋友，甚至是那些有过龃龉的所谓"敌人"，不管是在学术上还是政治立场上，曾经发生过剧烈冲突并老死不相往来的旧人。可惜，他能找到的并不多，大多数都不在国内，少部分已经入了土或者无法维持正常交流状态，剩下的要么忙，要么觉得和老柳之间情分也没那么深，口头表示表示，再逢年过节送点礼物，也就够了。

吴谓就是其中的一个。

老柳想要的不是这些，他想知道，这么多年过去了，自己究竟错过了些什么。

这年头，没人愿意跟他掏心窝子。

大多数时候，他只能坐在小楼的阳台前，柳荫轻拂，日光游走，看着自家养的橘猫"点点"哗啦啦地踩过书桌上翻开的书页，跳进他的怀里，用脑袋蹭着他的手祈求抚摸。这也许是他一天中最温暖的时刻。

所以当吴谓再次来电时，他知道，也许时候到了。

那个西装笔挺的中年男子拎着大袋小盒进屋后，一脸窘迫地在书堆中寻找落座的空隙。老柳从门后变戏法般抽出一张折叠凳，就像来客只是个孩子，而不是每天手头上下几个亿的金融精英。吴谓坐下了，折叠凳发出咯吱怪响，像是随时可能散架。

　　老柳戴上老花镜仔细端详，从吴谓脸上他才觉察出岁月是如此无情，当年意气风发的小伙子如今成了心事重重、满腹焦虑的中年男子。他又一想，自己何尝不是老得不能看了，人总是会看不见自己的衰老，就像是心理上的盲点，总觉得自己还活在最美好的时光中，这也许是亿万年进化出来的一种自我保护机制吧。

　　寒暄客套几句之后，吴谓似乎想问什么，又看了看屋里杂乱不堪的迹象，把话咽了回去。

　　老柳明白了，主动挑起话题："你师娘前几年突发心梗去世了，现在就只有我。"

　　"哦。"吴谓不知道该说什么好。

　　"你怎么样？家里都挺好的吧。"

　　"还行，还行。"吴谓把手机里的全家福照片给老师看，一张张翻着，像是从奢侈品杂志上截下来的那种完美家庭，丝毫看不出任何一点为金钱或现实犯难的痕迹。

　　"看来你当年的选择是对的，我错了。还好你没听我的。"

老柳还是乐呵呵的。

"也不能这么说，老师，都是选择，各有各的活法，没有对错……"

"看看我现在这样，你能说没有对错吗？"

一句话让吴谓噎了回去，两人默不作声。

"老师……"吴谓终于下定决心，"……我能问您一个事儿吗？"

"来都来了，有什么不好问的。"

"您以前不是这样的，我是说，您不会主动来联系我们，更别说请我们到家里来……是有什么需要帮忙的吗？"

老柳表情凝固了片刻，像是瞬间跌回到时间的漩涡里，花了好些功夫才挣扎着浮回现实，又恢复了笑意。

"我就知道你要问这个。先别急，咱们师徒一场，我先问问你，你是遇到了什么事儿吧？"

吴谓愣了一下，没想到老师会这么单刀直入，他干笑了两声："能有什么事儿啊，没、没什么大事。"

"是，对于一般人来说，不关系到生老病死、倾家荡产就不算大事。可很多事，你没处说，没人能聊，只能憋在心里，小事也会变成大事。这种人我见得多了，今天还跟没事儿人一样吃饭唱歌开会，明天就能从楼顶跳下来，摔成烂泥。"

吴谓露出一副被看穿了的表情，他管老师要了一杯热茶，打算好好梳理一下自己的思绪，把那些常人无法理解的困扰一五一十说出来。

　　日头西落，橘猫从阳台上下来，进了屋，唤了两声想要吃食，又跳上老柳的膝盖，露出自己的肚皮，轻轻地打起了呼噜。

　　"我明白了，你这是遇到了中年危机啊，呵呵。"

　　"不是的，老师，我这真不是……"

　　"先别急着反驳，也别管叫什么。你是不是觉得自己和世界的关系在发生变化，原本你以为可以依靠自己的努力与天赋成为中心、塔尖或者攀上其他什么高高在上的位置，但现在你觉得自己被一股无形的力量或推或拉，朝着边缘滑去，于是你开始焦虑，开始怀疑自己，想要去做一些事情补救，可是却徒劳无功。你开始觉得这一切也许都是一场阴谋，都是为了把你束缚在某个角色里，像一颗螺丝钉一样永远安分地运转下去。你想要改变，却害怕改变。因为你不知道改变带来的会是什么，也许是一无所有。"

　　吴谓哑口无言。

　　"我是过来人啊，小吴。"

　　"那您是怎么……过去的？"

　　老柳撸着怀里的猫，含笑不语，半晌过后，才开了口。

　　"谁说我过去了。那时候年轻气盛，以为什么事都可以强撑硬挺，谁知道岁月像烈酒，后劲大得很啊。你以为一切都好了，其实并没有。"

"所以呢？"

"你不是问我为什么突然变了个人，开始念起旧来？其实是因为我去了一个地方，遇见了一个人……"

"嗯？"

"我这才觉得，也许那些过不去的，都过去了。"

吴谓听着老师佛谒般云山雾绕的话，更是摸不着头脑。

"那您告诉我那地方在哪，我也去试试？是哪座庙吗？"

"那地方啊……不是谁都能随便去的。不过……"

"不过？"

老柳站起身来，怀里的橘猫委屈地哇了一声，蹦到地上去。他到处翻找着什么，最后还是在书柜门后的一本厚厚的《集异璧》里找到了，原来被他当成了书签。

"收好了，这可是有钱都买不到的。"老师朝他眨眨眼，像一只饱经沧桑的老猫，这种熟悉的神情曾经伴随吴谓走过人生的黄金岁月。

吴谓接过那张炭黑色卡片，它在夕阳下闪着不安定的光，上面烫着四个专银小字——"赢家圣地"。

吴谓躺在巨大的蝌蚪状白色舱体内，温热的弹性材料自动包裹住他的身体，空气中有种令人平静的甜味。他想了很久究竟在哪里闻到过，记忆只能回溯到儿子女儿出生时的产房前，据说医院提取了羊水中的某种成分做成香薰，对产妇和家属都有镇静安抚的功效。

　　舱门合上了，吴谓感觉自己脑壳被盖上一条热毛巾，四周亮起了蓝绿色的光，有节奏地闪烁起来，越来越快，一种类似静噪的嗡嗡声笼住他整个意识。

　　面目姣好的工作人员告诉他，整个拟合过程可能需要 40~60 分钟不等，取决于每个人的身体状况。而在此之前，他已经接受了基因测序、脑神经组学扫描等数十项繁琐流程，足足耗费了他一整个上午的时间。

　　吴谓告诉妻子公司有急事，需要加个班，午饭前就能回去。看来他不得不继续用第二个谎来圆第一个谎。

　　他开始有点后悔，为什么要相信导师的话，为什么要下载那个加密软件，扫描识别那张 ID 卡，又为什么要约定时间来到这座远离市区的郊外园区，受这份莫名其妙的罪。

　　这该死的嗡嗡声无休无止，似乎会永远这么持续下去。有那么一瞬间，吴谓甚至觉得自己上当了，这只是某种高级的骗局，而老柳这种年近古稀的高级知识分子正是骗子最喜欢的目标人群，理性了一辈子，最后也没落得什么欢喜下场，只能退而求助于漫天神佛。

就跟自己一样。他突然想到这一点，有点恼怒又羞耻地叹了口气，开始用力敲打玻璃罩。他不想做了，他要出去，他快透不过气了。

罩子呲一声打开了，工作人员迷惘地看着他。

"抱歉家里有点急事，今天就到这里吧，下次另找个时间我再过来。"吴谓又恢复了文明人的模样。

"可是吴先生……"

没等工作人员话音落地，吴谓便钻进了更衣室。更衣室里水雾缭绕，客人需要把头上身上涂抹的那些导电凝胶洗掉，因此配备了全套的淋浴装置以及最高级的卫浴用品。吴谓心想这家公司还真舍得花本钱，又觉察到无论是沐浴露还是洗发水，那淡淡的甜味与舱体里的香气是完全一样的。

一丝不挂的吴谓离开了淋浴间，正想打开自己的储物柜取衣物，突然看到对面也站着一个赤条条的人，吓了一大跳。

那并不是镜子，而是一个大概七八岁的男孩，浑身湿漉漉地站着，像一只被大雨淋湿的幼鹿，不知道在寻找什么。

"找什么呢你？"吴谓顺手抽了条浴巾递给男孩问他。"你跟谁一块儿来的？怎么丢下你不管了？"

"没跟谁。"男孩头一歪，不屑地回了句。

"可以啊小伙儿，胆够大的。"吴谓产生了好奇，蹲在男孩面前。"那你来这里干吗呀？"

"……要你管。"

"嚯，年纪不大，脾气倒不小。那你自个儿玩去吧，我先回家了。"

"……没人陪我玩，我也没有家。"男孩用小得几乎听不见的声音喃喃道。

衣服穿了一半的吴谓听到这话停住了，又看了一眼男孩，白白净净的，眼神清澈，对人也没什么敌意和戒心，不像是流浪儿，也不像被拐卖的，说不定是和家里闹别扭，偷了父母的卡离家出走呢。他想找工作人员过来了解一下情况，不知怎么的，这个男孩身上某些东西触碰到他遥远的记忆深处，就像是漩涡里的一根树枝冒了个尖。他改变了主意。

"那你就穿好衣服跟我走吧，我带你玩。"

小男孩听到这话，愣住了，像是不敢相信，伸出了弯弯的小拇指。

"说话算话？"

"算话。"吴谓跟他使劲地拉了拉钩。

小男孩一直不愿意告诉吴谓自己的名字，在副驾驶座上显得特别安静，安静得有点不像他这个年纪的人。吴谓努力想找些话题打破尴尬，最后却只能打开车载音响，随意地听些电台节目。

……中国国家航天局载人登陆火星计划进入倒计时，预计将于……

"我不想听这个！"男孩突然抗议了起来。

"那你自己选台。"吴谓告诉他哪个旋钮是用来换频道的。

……第一批被选中登陆火星的……滋滋滋……引发全球关注，他们将会在火星的 3 号基地……滋滋……这次的科考任务包括……滋滋……

"烦死了，怎么都是这个……"

"你这个小孩有点奇怪哦，别人都是追着宇宙飞船的新闻，你居然会觉得烦……"吴谓觉得好笑。

"我的烦不是那个烦啦，哎呀说了你也不懂！"

"那你倒是说说看。"

"不说。"

"你说了，我就带你去一个地方，那里能实现你任何一个愿望。"吴谓对自己的耐心感到惊讶，平时妻子总埋怨他对孩子不够有耐心，容易焦躁。想起自己的两个孩子，尤其是女儿，不知为何他有意地调转注意力的方向，回到眼前这个男孩的身上。

"你骗人！"

"我们拉过钩了。"

"那得再拉一次，双重保险。"

"没问题。"一阵笑意漫上了吴谓的嘴角，他感到一种久违的轻松与愉悦，这条路似乎也没有了平日的拥堵，无比顺畅，他有点希望能够这样一直开下去，开到世界的尽头。

男孩开始磕磕巴巴地讲了起来。

他是一个航天迷，收藏了许多飞船的模型和画册，家里到处贴满了宇宙和星球的海报，甚至连他的电脑桌面都是模拟太阳系运行的轨迹，说起各种火箭的运载能力和空间站对接的全过程，他如数家珍。

他最大的愿望就是有一天能成为宇航员，去感受神奇的失重状态，用自己的眼睛从太空中看一眼蔚蓝色的地球。

可是当他在班上说出这个梦想时却遭到了一致的嘲笑，有的说他太矮，有的说他额头有一条疤痕，到了太空会炸开，里面的脑浆会跑出来，还有的说你爸爸是卖水果的你妈妈是收租的，太空里没有水果也没有房子收租，你上去干吗？

在哄堂大笑中，男孩跑出了教室，他再也不想回去，也不想回家。父母一天到晚忙着工作赚钱，闲下来就是打牌玩游戏，一开口就是要他好好写作业，根本不会听自己说这些不着边际的梦想。

在操场的秋千上，他觉得自己变得好小好小，影子投在沙地上，在夕阳下被拉得长长的，薄薄的，所有人都看不见他，从他身上踩过去，却留不下脚印。这时，一个老爷爷出现在他面前，挡住了落日的余晖。

"一个老爷爷？"吴谓警觉起来。"他长什么样？"

"他的脸被笼罩在太阳下，看不清楚，只能听声音和看走路的姿态。"

"他给了你一张黑色的卡片？就像这样的？"吴谓掏了掏自己的口袋，却没有找到，难道丢在更衣室里了？

男孩点了点头，说："老爷爷要我去一个地方，说那里会有一个人，帮我实现心愿。"

吴谓不自然地笑了笑，好个老柳，居然玩起这套把戏，莫非他才是这一切的幕后策划人？可这究竟是为了什么？

"所以叔叔，你就是那个帮我实现心愿的人吗？"

"我吗？呵呵，是呀……"

吴谓嘴上含糊答应着，突然发现车子的自动驾驶系统把他们带到了一个以前从来没有注意到的地方，像是一座巨大的废弃游乐场，孤零零地立在马路旁边，有摩天轮、旋转木马、过山车……简直应有尽有。一艘银白色的火箭立在日光下闪闪发亮，似乎随时可能升空发射。

"哇，火箭！你果然没有骗我！"男孩兴奋地大叫着，吴谓却满心狐疑，以前从来不知道这里还有一家游乐场。

车子刚刚停稳，男孩便跑了出去，吴谓来不及阻止他，只能跟了上去。

没有工作人员，也没有游客，一切都像是尘封已久的状态，静静等待着有人来开启。男孩跑到一个悬挂在半空的红色按钮前，下面写着"START"字样，就像是电子游戏里的那种重启键，他踮着脚够了半天，也没够到，只好求助于吴谓。

"叔叔，你帮我一下好不好？"他无助地望向吴谓。

吴谓走到那个按钮旁边，那里立着一块落满了灰尘的牌子，上面似乎密密麻麻写着一些说明文字，他四处探望，想找块东西擦干净看一看，最后只从兜里掏出皱巴巴的眼镜布。

温馨提示：进入赢家圣地的每一位玩家，都必须接受游戏规则。这里的规则有且只有一条——玩家必须打破外界施加于自身之上的凝固状态，主动迎接改变，无论是身体的、身份的还是时空上的改变，都是人类通往下一阶段的必经之路。只有改变，才是永恒不变的真理，这是赢家圣地所秉承的至上信念……

这参禅般含混不清的行文让吴谓陷入沉思，小男孩斜着脑袋说："要不你抱着我，我来按。"

吴谓想了想，拍下了按钮。

像是隐形的蜂群从大地升起，一阵嗡嗡的电流声如波浪般涌出，在巨大的快乐机器间窜动，带来生气。似乎这个巨人打了个长长的呵欠，从睡梦中苏醒，一切都开始为这两人忙碌地运转起来。

"谢谢叔叔。"男孩眨巴了一下眼睛，乖巧地对吴谓说。

吴谓似乎被这表情勾起了某段回忆，却又瞬间被眼前这宏大而喧哗的热闹庆典打乱了思绪。

吴谓和男孩玩了过山车、旋转木马、摩天轮……还有各种赢取奖品的复古射击小游戏，奇怪的是那些奖品居然还在，还能自动送到他们面前。男孩几乎都抱不动了，吴谓找了个储物柜才把那些奖品都塞了进去，换回一把带着金色号码牌的钥匙。

他们心照不宣地把火箭留到了最后。男孩沿着长长的舷梯爬上平台，突然转过头来朝地面上等着的吴谓使劲挥手，像是发现了什么新大陆。

"这上面说需要两个人——"

"什么——"吴谓大声喊着，声音在风里四散。

"正副驾驶员——不然没法开动！"

"好吧……"吴谓一边咕哝着一边不情愿地往上爬。上次他玩这种娱乐项目还是三年前，被两个孩子缠得不行，他才勉为其难地陪着在海盗船里大呼小叫了一通。但打心眼儿里，他对这种追逐感官刺激的游戏并无兴趣，并且认为那些热衷于此的人有着某种对高风险生活方式的病态偏好，总有一天会害死自己。

他不敢看向脚下的地面，高处的风摇撼着舷梯，微微震颤，他的腿有点发软。

吴谓终于双手双脚着地趴在舱门口，男孩却已经坐在正驾驶的位置上，全副武装，很像是那么一回事。

"快点儿，你怎么那么慢，真的是老人家哦。"

吴谓好气又好笑地进了驾驶舱，舱门在他身后关上，齿轮咬合，发出沉闷的响声。麻雀虽小，五脏俱全，舱里的装饰和仪表盘还真像那么回事。男孩摸摸这里又碰碰那里，兴奋得停不下来。

"别乱碰，碰坏了我们就完蛋了。"

"你先把安全带系好，我们要出发了！"

"出发？去哪里？"

"坐好了！"男孩似乎没有听见吴谓的问话，只是重重拍下仪表盘上如卡通片般醒目的红色按钮，一阵奇怪的轰鸣声从四面八方响起。

吴谓以为只是老式电子游戏机的8位模拟音效，但紧接着座椅连带着整个人，甚至整个机舱都开始剧烈而持续地震动起来，一点也没有想要停下的意思。他开始恐慌起来，忙乱地扯着身上的安全带，以为这台老旧机器哪里发生了故障，就快要爆炸的样子，安全带却死死卡住，纹丝不动。

　　身边的男孩突然发出一声尖叫，吴谓以为他是因为害怕，正想安抚一下，扭头却看见男孩因为兴奋而涨红的脸。

　　"喔嗬！！我们要飞了——"

　　还没等吴谓回应男孩荒谬的说法，一股巨大的加速度将他重重压在座椅上，让他几乎透不过气来，五脏六腑被震得翻腾不止，肾上腺素快速分泌让他心跳加快，血压升高。在万分惊恐中，他以为自己就要挂掉了，许多往事如电影残片高速回放，掠过眼前。

　　他注意到窗外的景色开始变化，光线由橘红变成暗紫，火箭真的升空了。一个蓝色发光物体出现在视野中，如此巨大澄澈，他花了好一阵子才回过神来，那就是地球。

　　这怎么可能呢？在那一瞬间闪过吴谓脑中的，竟然是该如何向妻子解释这一切。但随即一阵更猛烈的加速度袭来，他眼前一黑，失去了知觉。

　　不知道过了多久，冰冷的流水让吴谓醒来。他发现自己倒悬着，头发泡在水里，身体仍牢牢地被绑在座椅上，动弹不得。男孩被困在离水面更近的一侧，咿哇乱叫，努力将半个脑袋探出水面。水正不断从破损的舱门处涌进来，使得倾斜的水位不断上升，很快将会把两人都淹没。

"快！快救我啊——"男孩发出小动物般的咕哝，不时被水呛到。

"这玩意儿怎么解开啊……有没有什么按钮……"吴谓手忙脚乱地摸索着，可越是挣扎，那安全带就收得越紧，像蛛丝般层层包裹，让人无比绝望。

"……我快不行了……"男孩的声音消失在水中，只剩下一串气泡凌乱破碎。

"……坚持住！"

吴谓深吸一口气，将头探入水面，瞪大双眼，试图寻找到解开安全带的机关，可原本应该是按扣的地方，如今却没有任何可以拆解分开的结构，这简直让他精神崩溃。他努力拽了拽系带连接座椅的部位，坚不可摧。他无计可施，只能再把头探出水面，深吸了一口气。留给他的时间已经不多了。

我要怎么做才能活下去？吴谓惊讶地发现，在生死面前，人的潜能能得到无限的激发，所有日常的琐碎烦恼，全都变得如微尘般不值一提，被注意力抛至脑后。而所有的认知资源全都被投入到求生上来，一个又一个的方案如气泡般浮现随即破灭，他逐渐看清了自己的处境,任何常规的逻辑与理性都无法拯救他,更遑论那个男孩。

拍下 START 按钮前的那段说明文字突然无端蹦出,吴谓被其中的几个字眼所激发,改变,凝固,身体。莫非这正是游戏的一部分?可是我要怎么改变自己的状态?

水已经没到他的下巴,马上就要阻断氧气。吴谓已经没有时间再思考,他放弃了抵抗,全身放松,沉入水中,任由冰冷的液体充斥自己的五官腔体。如果这是个游戏,那所有的角色技能必然有触发机制,就像马里奥兄弟里的蘑菇。

他别无选择,只能放手一试。

吴谓与自己身体中的本能搏斗着,亿万年来形成的恐惧反应模式让他下意识地封锁呼吸道,阻止水进入自己的肺部,但当他完全放松身体之后,却惊讶地发现自己并没有窒息,相反呼吸得更加顺畅。

这也许就是规则里所说的改变?

他尝试着将身体从安全带里挣脱出来,一切都像是在瞬间发生的,他的四肢变得柔软无骨,身体变得扁平,似一条海鳗般滑溜地从被紧缚的躯壳中游出。他感受到了自由,但同时又想起了男孩,那个等待着被自己拯救的生命。

可是另一个座椅已然空空如也。

吴谓奋力在幽暗水面下寻找着男孩的踪影，却一无所获，无奈中只好顺着水流的方向游出机舱。外面是一望无际的海面，暮色微露，在海天相接之处有紫色薄雾如轻纱浮动。他甚至不知道自己是否还在地球上。

　　"就知道你没问题的。"

　　吴谓猛地扭头，看到同样浑身赤裸的男孩坐在逐渐下沉的机舱顶上，正笑嘻嘻地看着自己。

　　"你……这究竟是在哪里，这是怎么一回事？"

　　"这里就是赢家圣地啊，不是你自己选择要来的吗？"

　　"我……这是虚拟现实？还是什么人造幻觉？"吴谓看着自己的双手，与记忆中并无二致。

　　"这些很重要吗？你应该问的难道不是怎么离开这里吗？"

　　吴谓环顾四周，他赤裸的身体轻盈漂浮在水中，不冷也不热，像是回到了母亲的子宫中，一切都是刚刚好的样子。他已经许久没有这种感觉，一种纯然天成、回归赤子的自由感，毫无拘束与负累，仿佛下一秒钟便可以突破重力，翱翔天际。所有令人窒息的灰暗现实都可以被抛到脑后，眼前只有纯粹的自我探索。如果这是一个梦，那不妨做得久一点。

　　"所以这一切都是柳老师创造出来的？"

　　"不完全是，他提供了部分核心理论依据。"

"所以你是谁？或者说，你是什么？"

男孩笑了笑，纵身一跃，在水面扑起浪花，倏忽间像鱼儿般快速向前游去，清脆的回答飘荡在空气里。

"我就是你的领路人呀——"

吴谓跟随着男孩，像鱼儿一般划开海面，高高跃起又落下，不知道花了多长时间才抵达岸边。他并没有感到疲惫，如果这并非系统预先设定的效果，那就没有存在的必要。这跟现实完全不一样。

他想起自己有时在办公室里枯坐上一天，就算什么也不干，到下班时也会感觉精疲力竭，像被榨干的橘子。

也许这也是另一种系统设置吧。

两人从夜晚的海里走来，身形逐渐变高，踏上细腻的沙滩，海风拂过，竟有凉意。吴谓抱起双臂，扭头看男孩已经换上了一身便装，十分清爽。

"连身体都能变，为什么不添件衣服？"男孩笑问。

吴谓若有所思，他皮肤上出现了一层雾气般流动不定的物质，颜色与样式经过几轮转换后，终于凝固下来，还是他所习惯的商务休闲装。人往往习惯了一样东西之后就很难改变，哪怕外部环境已经发生了翻天覆地的变化。

"所以接下来我们要去哪？"吴谓望向岛屿深处，在丛林背后，有星星点点的光亮，似乎隐藏着一座城镇。

"你满足了我的愿望，现在该轮到我满足你的愿望了。"男孩眨眨眼，那种熟悉的感觉又回来了。

"你到底是谁？你叫什么名字？"

"就叫我微微 2.0 好了。"

"微微……2.0？"吴谓搜索着记忆，这个名字并没有掀起什么波澜，或者只是随机取名的 AI 角色。

"话说回来，你觉得名字还重要吗？"

男孩兀自走去，消失在一片茂密灌木丛间，不知何处传来无名鸟兽的啸叫，吴谓赶紧跟上。

丛林中的一切都如此精细真实，蛛网的微弱反光，藤蔓植物上滴落的露珠，从脚边滑过虫豸的细碎脚步声。吴谓惊叹于这一切被虚拟得如此真实，他想起了自己的两个孩子，吴用用和谢天天，以及他们那代人所熟悉的另一个世界。

作为 2030 年后出生的一代人，他们被媒体称为"V 一代"（V–Gen）或"虚拟一代"，是虚拟世界的原住民。对于前面几代人来说十分纠结的"真实"与"虚拟"的界限，对于他们来说根本不存在，一切都是真实的，一切又都是虚拟的，只有有趣和无聊之分。适应视野中出现的叠加信息、奇怪物体以及频繁切换的虚拟界面，就像是吃饭睡觉走路一样平常。

儿子吴用用大部分时间都在虚拟游戏中，就像在经典科幻小说《头号玩家》所描写的大型虚拟现实游戏"绿洲"那样，只不过换了个名字。传统大型多人在线游戏可以让成千上万名玩家通过互联网互相连接，共存于同一个虚拟世界中，但总体来说只是一个世界或者几个小星球。玩家也只能通过二维的视角——也就是电脑显示屏，来接触这个小小的在线世界——能实现互动的工具也只有键盘和鼠标而已。

而在"绿洲"中，系统提供了数千个高拟真度的三维世界供人探索，它是一个"开放式的现实"，每一个玩家都可以创建自己的世界，设计自己全新的身体。

在"绿洲"里，肥佬可以变瘦，丑人可以变美，生性羞涩的人可以变得活泼，甚至成为为所欲为的歹徒。你也可以改写你的名字、年龄、性别、种族、身高、体重、声音、发色，乃至骨骼结构。你甚至可以放弃人类的身份，当个精灵、食人魔、外星人，或者其他电影、小说、神话里才有的生物……

吴用用把这段话背得滚瓜烂熟，甚至设置为自己进入游戏时需要反复聆听的教诲，就像是某种受洗仪式。

想起儿子，吴谓不由得苦笑着摇了摇头，新的一代人完全不像自己少年时，需要遵循由老师或者学校制定的规则。换句话说，成人世界所制定的一整套规则，越适应规则的孩子能得到越多的奖赏。整个教育系统其实不是在培养孩子，而是在制造成人。

而在吴用用的游戏里，每个世界都可以拥有自己的规则，无论是物理规则还是社会规则。可以是零重力环境或者土星光环上，可以是黑魔法时代或者凭仗蛮力的罗马斗兽场，可以是穿越于星门之间的太空歌剧，可以是硅基生物之间独特的脉冲交流，也可以是将感官完全错置的通感世界……在这里，只有想象力才是现实的边界。

微微 2.0 不时回头看吴谓一眼，这让吴谓回想起在机舱里的惊险一幕，他也开始理解儿子所沉迷的世界，那种可以随意改变自己感官信号的生活是怎么一回事。

借助穿着的体感服可以同步体验他人所有身体感受，但这种感受又是通过另一个人的体感服传递而来，看似真实的感官体验其实却经历了两层中介的作用，倘若再加上经由操控虚拟化身进而遥距传感的来自真实世界的传感器数据，则是三重中介。人们已经无法分辨每一层之间的区别，从感官角度看，真实与虚拟其实就是一回事。

为了防止沉迷，每隔一段时间系统会自动切换到真实场景模式以维持"现实感"，但玩家可以通过虚拟货币换取更长的间隔时间。事实上，整个虚拟世界的经济体系都建立在"体验"基础上，你可以通过创造虚拟物体、提供虚拟服务或售卖虚拟体验来换取虚拟货币，体验的想象力、独特性及对人类生理、心理机制的洞察力将决定其价值。

吴用用认为自己可以成为一名体验创造者，他擅长在游戏世界里寻找最为危险最为人迹罕至的边疆，并选择适当的虚拟化身，创造出独一无二的体验。他凭借着这种特殊的天赋和技能已经赚取了不少虚拟货币，并赢得了一定的声誉。他希望能够沿着这条路走下去，而不是像传统的父亲所希望的那样，进入高等学府，和另外数万名来自全世界的学生一起竞争，最后取得某个天知道有什么用的学位。

毕竟后者是吴谓所熟悉的赢家模式，他希望在自己儿子身上复制这种成功。这也是他和妻子谢爽之间诸多不可调和的矛盾之一。

妻子希望让儿子干自己喜欢干的事情，哪怕在世俗标准看来不那么成功，但至少能成为一个健康快乐的人，她永远不会说出口的下半句潜台词是"而不是像他爸一样"。

吴谓心知肚明，为此他经常报复性地威胁儿子说，如果他不去上学，就会申请封禁他的游戏账号。在这件事情上，无论哪个时代，似乎都是一样的。

而在女儿谢天天身上，又是另外一回事。

"我们到了。"微微 2.0 打断吴谓的沉思。吴谓抬头，眼前的景象让他大吃一惊。

毫无疑问这座小镇是为吴谓量身定造的。每一处场景都是他所熟悉的日常生活的一部分，从公寓到停车场、写字楼的电梯、办公室，甚至每天午后小憩的咖啡馆，都丝毫不差地被复制出来。

不只是复制一次，而是加倍奉送，所有的场景都乘以七，然后以空间叠加的方式组合起来，形成一座迷你小镇的形态。

"这是什么？"吴谓不知该作何反应，尽管他知道这一切都是系统虚拟出来的，但当一个人有机会以如此具体而微的方式窥探自己生活的全貌时，还是不免被这局促而琐屑不堪的匮乏感震撼。

"你的愿望。"男孩轻巧地回答，"你不是希望看到生活的更多可能性吗？"

"可我从来没有想到会是这样的……"

像是同样的电影片段拷贝七遍同时播放，却如复制 DNA 产生了变异，每个片段的细节都有些许差别。

吴谓看到七层一模一样的公寓楼里，妻子与儿女以同样的步调行动着，准备晚餐，沉浸游戏，或是呆滞地望着虚空。七辆车子先后进入地库，七个吴谓在驾驶座上沉默许久，离开车厢，进入电梯，肩并着肩，却如同面对陌生人般视而不见。他们进入不同的楼层，敲开那一扇门，面对同样的谢爽、吴用用和谢天天。每一个吴谓说出的话，做出的举动，虽有不同，但大差不差，引发家人做出反应，导向不同的剧情发展。

无论如何，这七条故事线都同样乏味。

"这是游戏吗？"吴谓问微微2.0。

"这是你的生活。"男孩回答。

"可为什么是7？这个数字代表着什么？"

"可以是任何一个更大或更小的数字，只不过是经过反复迭代之后收敛到7，这是对你的感官系统友好的数字。"

吴谓不确定自己完全理解了微微2.0话里的含义。

"你不想进去看看吗？"男孩微笑着问道。

"我看不出这有什么不同之处，只是一些无关痛痒的变量。"

"不同之处在于，你可以把脚伸进别人的鞋里。"微微2.0又眨眨眼。

"什么意思？"

"我带你试试。"

他们走近那栋公寓，还没等吴谓试图制止，微微2.0就按响了门铃。是吴用用开的门，吴谓低头看着自己的儿子，正在琢磨应该开口说点什么，可微微 2.0 却把他的手一攥，两人如孙悟空般"跃入"了吴用用的身体里。之所以说"跃入"，是因为所有视线角度的转变都是瞬间完成的，没有更好的词语能够形容这种古怪的感觉。

吴谓用儿子的眼睛去看，用儿子的耳朵去听，甚至儿子所有的心理活动，他都感受得一清二楚。

"谁啊？"他听到了自己的声音从客厅传来，一阵混杂着厌烦与恐惧的感受升起。

"外面没人。不知道谁恶作剧。"儿子怯怯地回答。

"该不会是你幻听了吧，让你少玩点游戏。"父亲或另一个吴谓冷硬回道。

"哦……"他明显感觉到儿子内心的抵触情绪，似乎所有的错误都归咎到吴用用的身上，这已经成了一种父子交流的定式，而儿子所能做的只有逃避。

"别玩了，帮你妈收拾一下桌子吃饭了。"

"哦……"

儿子怀着满心的不情愿坐到桌边，对食物兴趣缺缺，对父亲更是如同隔着一扇透明的屏障。两人近在咫尺，却无法产生任何有意义的交流。吴谓从未想过自己在儿子心目中是这样的形象，他总以为自己每天为家人辛劳，回到家中理应得到尊重和善待。他试图改变儿子的想法，主动摆出友好的沟通姿态，以儿子的身份主动挑起话题。

"爸，今天在公司里有什么有意思的事儿吗？"

另一个吴谓抬了抬眼睛，满脸的不耐烦："上班能有什么意思，还不都是那些鸡毛蒜皮的破事儿。"

"那你还每天在公司待那么久。"

"还不是为了你们两台碎钞机，学费谁掏，游戏谁买，吃喝拉撒睡不都是钱。"

躲在儿子身体里的吴谓几乎想冲上去抽对方一巴掌，可他没有，毕竟自己只是客人，而且儿子打老子似乎有点违背自己立下的规矩。他只能沉默地埋头吃饭。来自儿子的情绪和自己生发的情绪混杂在一起，如牛奶和咖啡，漩涡中分不清界限。这种感觉过于奇妙了。

"要不要换个人试试？"微微2.0的声音在吴谓耳边响起，"试试你妻子？"

还没等吴谓做出回应，他们又是一跃，已经从饭桌的这头"跃入"正端着菜上桌的谢爽的身体。

一阵强烈的疲惫如浸水棉被般包裹住吴谓的身心，让他一下子喘不过气来，可还有那么多活要干，衣服要洗要晾，孩子功课要辅导，家里要打扫，明天还得去看望生病的亲戚。可眼前的这个男人，自己的丈夫对这一切都不闻不问，似乎与他毫无干系。谢爽放下菜，看了一眼吴谓，想从他身上找到一丝半点慰藉，可是没有，他只是自顾刷着工作邮件，对眼前这个忙乱了一整天的爱人视而不见。

这样的状态已经持续多久了？好几年了吧。吴谓分明感到自己心里一凉一沉，那是妻子心慢慢枯死的信号，甚至他感受到了悔恨与追求新生的渴望，可随即又化为绝望。他从来没有想过妻子竟然如此厌倦自己所扮演的角色，厌倦自己的另一半。

真的一点爱都没有了吗？吴谓不甘心地发起尝试。

"听说最近刚上的沉浸式戏剧《剧本人生》很不错，不如找时间去看看，咱们也好久没一起看戏了。"谢爽假装突然想起来，手搭在吴谓肩上。

"哦，好，找个时间。"吴谓的眼睛没有离开过屏幕，肩膀不自在地耸了耸，像是下意识地要甩开这额外的负担。

"最后一场是周五晚上。"

"周五晚上……我看看，好像有会欸。"吴谓声音里露出一丝制式化的为难。

"能不能推了？就这一次。"

"亲爱的，这关系到我下半年的业绩能不能达标，说好了，下次一定陪你。"

谢爽内心竟然一点波澜都没有，她早就预料到了这样的结果，这样的对话似曾相识，不知道重复过多少次，说好了的永远实现不了，下一次总有再下一次。她不知道自己为什么还会做这种愚蠢的尝试，甚至带有一种自取其辱的羞耻感。她只想赶紧吃完这顿饭，干完所有家务，躲回自己的床上，躲进那些愚蠢而无害的搞笑视频节目里。

附在妻子身上的吴谓产生了一种生理性的不适，他恶心、头痛、想吐，甚至不知道这究竟由何而来，是眼前的自己，还是漫无止境的折磨？他只想赶紧离开。

"还想看看谢天天吗？"微微2.0问道。

吴谓犹豫了，他和女儿的交流更少，天天完全活在属于自己的世界里，是妻子嘴里所谓的"时空旅人"，他根本无法预测自己在她眼中会是怎样一种形象。

尽管吴谓不是那种钢铁古怪宅男，也会在意别人对自己的看法，但以如此直接而沉浸的方式代入第三方的视角，甚至还能"读心"般产生情感上的共鸣，这还是第一次。信息冲击是如此巨大，他还久久没能缓过神来。

罢了罢了，不知道也好。吴谓，或者妻子谢爽的目光投向窗外，那些街道、写字楼和咖啡馆，还有下属、老板、竞争对手、服务员、路人……在他们的眼中，我又是一个什么样的人，我的存在对于他们意味着什么？

甚至生活还出现了不同的平行剧本，剧情无限分岔，这么想下去似乎无休无止，让人精疲力竭。但他又无法停止想象，一旦经历过身份认知的流动，大脑中的某块区域被激活，就像一个无法抹去的烙印，将深深影响今后看待自己与他人的方式。

"我不明白……这一切的意义在哪？"

两人恢复到正常的状态，坐在山坡上，看着属于吴谓一个人的小镇，七重人生如同一曲结构精巧复杂的赋格，不断交叉重复变奏，却永远无法抵达高潮。

"作为一个赢家，你在单一的价值观坐标里生活得太久太久，"微微 2.0 现在说话听起来根本不像一个七八岁男孩，相反，更像一个比吴谓要年长智慧得多的老人，"而单一价值观总是很脆弱，就像一座沙子堆成的金字塔，一旦受到来自外部的挑战，便可能引发系统性雪崩。那些自以为是人生赢家的，往往会因此一蹶不振，甚至走上绝路。而一旦你看到了更大的图景，就会有完全不同的想法……"

吴谓看着小镇，若有所悟。

在他眼中，虚拟化身们的生活轨迹逐渐虚化加速，像高速粒子在夜色中绘出光的形状，那些形状虽然表面各异，可倘若抽象成数学模型，它们却高度一致。

正如绝大多数人的人生。

"所以老柳把你制造出来，就是为了给我们这种人传道授业解惑的？"

微微 2.0 眨眨眼："那是另一个故事了。"

柳微微出生时，得到了父亲老柳给他准备的一件礼物，当然他当时对此一无所知。

礼物是一套高清全身扫描仪，外形像是魔术师手中的圆环，只要将它套过身体，所有的身体拓扑数据便会被传送到云端平台进行渲染加工，建成等比例的 3D 模型供用户下载绑定使用。

微微长得很快，扫描仪的尺寸也得不断加大。这些不断更新的数字模型形成一个时空连续体，亲戚朋友们可以在百日礼上看到微微由呱呱坠地的婴儿快速长大的全过程。由于孩子太小，还无法用自主意识去驱动虚拟化身，因此父亲记录下他的一些动作数据和声音模式，并托管给 AI 程序，即便这样，也足够逼真了。当出差在外的时候，父母也可以随时与孩子（的虚拟化身）进行实时的沉浸式互动。毫无疑问，这种虚拟交互所维系的情感纽带却是真真切切的。

老柳的妻子，微微的母亲，却对这种虚拟化身深感困扰不安。她是属于旧世界的人，总觉得用这种方式来传递爱意有违自然法则。她甚至暗中认为老柳对虚拟化身倾注了更多的爱，超过了他真正的儿子。

微微第一次接入镜像世界是在他十八个月的时候，经检测他的视觉系统已经足够成熟，一切发生得自然而然，他接入，看到自己的虚拟双手和身体，一面拉康式的镜子帮助他在真实自我与虚拟化身之间建立认知上的联系。他动了动手指，咧嘴微笑，虚拟化身丝毫不差地反应，甚至可以带动虚拟环境的效果变化，比如挥手拉出彩色光带，或者所有的虚拟物体会根据化身的面部表情进行相应的反馈，这种看似廉价的小把戏却获得了大众的欢迎。

在很早之前人们就发现，决定虚拟现实真实感程度的并非美学风格，而是是否像真实世界一样，营造出一种连续、低延时的感官反馈机制。因此哪怕是低多边形风格的场景也能带来超过电影级现实主义的沉浸体验，只要设计得足够巧妙。而代入真实玩家的互动便是最为有效的杀手锏，每个个体之间不同的反应模式和千变万化的组合，会带来超过任何 AI 算法所能模拟出的趣味性，这些由真实人类大脑驱动的虚拟化身充满了不确定性，一举一动间折射出背后的性格与认知差异，夹带着温度与情感，如同平行相对的镜面，能够反射出无穷无尽的人性深渊。

这也是老柳的用意所在。其时他正与另一个神经生物学家展开某项重量级的联合研究，希望从数学层面上建构一个个体从出生之日起对于身体及自我认知的发展全过程模型。

而当时妻子并不知道这个秘密项目的存在。

尽管微微正处于一个全方位迅猛发育的初始阶段，但某种对于他者的好奇心已初见端倪，无论是在真实世界或是虚拟空间。甚至他对于虚拟化身的兴趣超过了育儿房里的活人，这也并不是很难理解的事情，毕竟在虚拟空间里，能将烦人的哭闹转化为愉悦的视听效果。渐渐地，孩子们不再满足于依样画葫芦的复刻版虚拟化身，年纪稍大一点的换上了流行文化的符码形象，将自己投射到卡通偶像的躯壳上，同时不可避免地带上了其某方面的精神特质。

但这种投射还仅仅局限于拓扑形状对位的变身，人形对人形，四肢对四肢，所有的功能与感知都是因袭旧有的模式。而早在杰伦·拉尼尔时代，他一直幻想能利用虚拟现实技术将自己变成一只能够行走的龙虾，手臂变成钳子，耳朵变成触须，双脚变成尾巴，这些转变不仅仅是视觉形象上的，也包括相应的运动机能。而到了斯坦福大学的杰里米·贝伦森时期，他通过实验发现，人们通常只需要四分钟便可以将大脑中的手脚操控的神经回路进行重置，就好比你用踢腿去操控虚拟化身的手，用挥手去控制虚拟世界中的脚。这种神经可塑性和认知流动性对于正处于成长阶段的婴幼儿来说简直像打开了一扇无限可能的大门。

这正是老柳所希望达到的效果，通过改变可无限复制的虚拟化身，来验证人类神经系统对于身体的感知与控制是否可以突破认知上的局限，甚至拓扑学上的界限，达到一种真正的自由。

五岁，微微开始学会用耳后肌肉群去操控他的虚拟触角，其灵巧程度堪比双手，用后背肌肉去控制双翼，用复杂的关节运动去使唤附肢。所有这一切在他幼小的心灵中都是正常合理的，他对于身体的认知已经超越了固定的性别、种族甚至物种的概念，对于他来说，"功能即结构"是最为朴素的道理。当然，他也将像其他属于这一时代的孩子一样，面对同样的问题，当他们回到现实物理世界之后，会对自己单一、局限、沉闷的身体功能感到失望。

一个夏日的午后，老柳的妻子突然发现七岁的微微不知去向。在湿气蒸腾的教工大院里，她遍寻不着儿子，只能一家家地敲开邻居的房门，试图从小玩伴的嘴里得到线索。

那些孩子都说微微最近有点怪，老想变成一条鱼，在水里游，还说自己能够在水里呼吸，别人要是不信他还着急，说要游给他们看。

妻子一听就急了，赶紧给老柳打了电话，院子里各家大人也都纷纷出动，到附近的水边找人。

尸体是当天晚上在学校后山的水库里捞出来的，微微浑身赤裸，缠满了墨绿色的水草，活像一条被放生又难逃劫难的鱼。

妻子嚎啕大哭，而老柳只是呆呆地站着，浑身湿透，几绺头发贴在前额，七魂丢了三魄的样子。从那之后这个家就已经垮了。老柳沉浸在镜像世界里，和微微的虚拟化身不分昼夜地待在一起，就像那是儿子的一个数字鬼魂。而妻子却完全见不得那个玩具，她会歇斯底里地大叫，情绪崩溃，并把所有的错归咎于老柳身上。那还是远在她知道名为"德尔塔"的秘密项目存在之前。

微微永远停留在了七岁，无论在现实中还是虚拟空间里。老柳与妻子的关系也凝固在那个破碎的瞬间，任凭怎样努力都难以修复回原初的状态。

那已经是二十年前的事情了。

听罢微微 2.0 的故事，吴谓陷入了沉思。按照时间推算，发生这桩惨案时应该正好是自己离开学校前后，他竟然毫不知情。或许是老柳将心事包藏得过分谨慎，也可能是自己全副身心投入名利场，想要出人头地，根本无暇顾及旁人。

或者两者兼而有之。

他竟然有几分心疼，为自己的导师，为师娘，也为了那个过早夭折的生命。

"所以老柳就靠你聊以慰藉……或者，你就是他另一段生命的延续。"吴谓开始明白为什么男孩身上有那么多令人熟悉的气息，甚至连他童年的经历都混杂了老柳的真实家庭背景，一个寒门出身的天才儿童。

"老柳试过很多不同的方式。甚至给自己也建了一个虚拟化身，陪伴我随着时间长大，毕竟在程序世界里，这并不花费什么力气。可最后他还是决定让我停留在这个模样，也许在他心目中，这就是最接近真实的。"

吴谓想起了自己的两个孩子，一种柔软而温暖的情绪突然充盈起来，他有点想要回去，回到真实的世界里去。

"老柳肯定想永远陪着你。"

"对于虚拟化身来说，这也不是不可能啦。但是，你有没有想过，当父母知道他们有一天不会死并留下自己的孩子时，父母和孩子之间会有什么样的关系？"

"你的意思是？"

"当你30岁的时候，你有了吴用用，如果你能活到200岁，他就已经170岁了。但那是170年前发生的事情，亲子只是你生命中的一小部分。170年间可以发生很多事情，历史上许多王朝更替都比这个时间要短。外部世界的变化对人的影响远远超出你的预期，你和你儿子都已经不是170年前的那个人了，你们需要不断地重塑自我，包括在职场上、科技上、社会关系上，甚至需要适应新的星球环境。可你们还是父子，还期待彼此像原先父子一样对待彼此，你懂我的意思吗？这是极其荒谬的一件事。"

"我现在有点懂了。所以他宁可保持现在这样。"

"这是模拟计算出来的结果，就跟你的七重人生一样。"

"那接下来我们做什么？是不是该结束这一趟游戏了？"吴谓一直在回想自己究竟是什么时候进入虚拟世界的，是从舱体里出来时？在更衣室里，还是在车里？他说不清楚，这一切都发生得太玄虚了。

"作为一名赢家，你还没有克服自己内心深处的不安全感。"

"这话听起来很矛盾呢，小伙子。"

"不矛盾。真正幸福开心的人很少是赢家，因为他们根本不需要成为人生赢家。驱使像你们这样的人不断自我苛求，挑战极限的动力，就来源于你们人格中根深蒂固的不安全感。"

"我竟然无法反驳。"

"所以，想想你自己最大的不安全感是什么，你又将如何面对它。"

"我……不知道。"吴谓仔细想了想坦诚道。

"所有赢家最害怕的就是失败，对于你来说，最大的失败是什么？"

吴谓沉默了，一系列念头闪过他的脑海。是职场失势？投资失败？家庭崩溃？还是别的什么不可预知的风险？对于中年男人来说，成功也许只有一种，但失败却可能有千千万万种，每一种都将是致命的。

"你愿意代入妻子与儿子的视角，却拒绝代入女儿的，为什么？"

"我……"吴谓自己都没有意识到这一点。

"也许对于你来说，女儿是你完美生活中的一道裂缝，这道裂缝会越变越大，变成引发大厦坍塌的一场事故。潜意识里你将女儿视为人生失败的潜在诱因，你想要逃避这个现实，刻意忽视她的存在，甚至否认你们俩之间的情感联系。"

"我没有！"吴谓突然失去了力气般，语气疲软下来，"我没有……"

"那我们回去？"

微微 2.0 指向不远处的那栋楼，所有重复的场景开始交叠融合放大，最后变形为一个单独的房间，在那个巨大而空旷的暖色房间里，地板上孤零零地坐着一个女孩，她空洞的双眼似乎在望向两人，又仿佛什么也没有看见。

吴谓看着那张脸，开始憎恨自己做出的选择。

一开始，吴谓和谢爽以为自己特别幸运，生下如此懂事乖巧的女孩，当别的婴孩使劲哭闹时，天天总是安静地躺在婴儿床上，望着粉色的天花板，一声不吭。

直到十八个月后，他们才开始意识到，这也许与性格无关，而是某种隐性疾病的征兆。

基因检测结果表明，天天染色体上位置为 chrY:16807351–19304967(hg19) 的基因组出现 2498kb 的杂合缺失，这非常罕见。该段缺失和智力低下、癫痫、语言障碍、视网膜发育不良、心脏病等疾病高度相关。带有这类基因缺失的孩子出生后异常安静、喂食困难、啼哭乏力迟滞、面无表情、对周围人及环境缺乏兴趣。

抉择是艰难的。对于吴谓来说，这意味着经年累月的额外照顾与不菲花费，或者一辈子也无法等到女儿好转的那天。

抉择是简单的。对于谢爽来说，这是属于她的孩子，一条生命，她不会把谢天天丢到专业医护机构里，任凭她成为诸多被"遗弃"的病儿之一。甚至她根本不相信自己的女儿有问题，在她看来，女儿只是换了一种与常人不同的方式看待世界，进行沟通交流，但在本质上，她与其他人没有任何不同。谢天天仍然是那个最美丽聪慧的孩子。

吴谓选择了妥协，或者说，逃避。他努力赚钱，保证经济上的强力支撑，但从情感上，他总是浅尝辄止。他怕自己对女儿的付出得不到任何回报，哪怕在遥不可及的未来，这与他的成功哲学背道而驰。他不敢去爱。

于是，担子就落在了谢爽的肩上。

谢爽是两个孩子的母亲、吴谓的妻子、在读艺术史博士生，以及，一个虚拟现实艺术家、教育家、自学成才的认知治疗师。

她接受了中央美院本科和英国皇家艺术学院的硕士教育，又继续攻读宾夕法尼亚大学的艺术史博士学位。她所在的学院将视觉艺术史作为一种理解研究手段，进而理解人类智力和文化发展史。文艺复兴时期的宫殿、安藤广重的印刷品、现代清真寺、伊特鲁利亚人的坟墓、米拉·奈尔的电影等都被带到这里作为学生们研究的对象。

谢爽研究的领域是人类艺术史上的时空感错乱问题，从乔伊斯的《尤利西斯》、约翰·凯奇的《4分33秒》、萨尔瓦多·达利的《记忆的永恒》、张择端的《清明上河图》、巴厘岛的桑扬舞、亨利·摩尔的大型纺锤件雕塑、萨拉·凯恩的《4:48精神崩溃》到库布里克的《2001：太空漫游》，人类最为杰出的创作者们通过不同的艺术形式挑战日常生活中的线性时空观，试图诱导出大脑对于时空感知的另类可能性。

而现在，谢爽正在尝试分析虚拟现实究竟是如何改变人们对于时空的感知的，这或许能够帮助女儿与正常的世界搭建起沟通的桥梁。

事实上，早在虚拟现实技术刚刚兴起之时，人们就观察到，身处虚拟空间的体验者们会因为感官的放大效应和丰富的细节而错误判断自己的浸入时间，通常来说，体验者们的主观时间会是客观时间的两倍，也就是说，现实中只过了五分钟，而体验者们会误以为自己已经在虚拟世界里待了十分钟。

这种时间感的倍数关系能够被操控并利用。

虚拟现实体验开发者们利用人类大脑对于时间感知的小小后门，制作出许多奇妙的应用，包括在具体场景中的时间冻结、减缓、加速、倒放等等。由于强烈的沉浸感和临场感，每个体验者都获得了在正常物理时空中所无法想象的超凡感受，甚至可以在同一个剧情场景中允许不同时空流动速率的并存，仿佛是一条均匀平整的河流中出现了湍流、漩涡和泡沫，由此也大大丰富了各种游戏的玩法。

不只是游戏，同样的逻辑也被应用到许多商业虚拟现实场景中。

商家会在希望消费者充分体验、提高购买决策概率的场景减缓时空速率，而在一些无聊的、冗长的垃圾时间尽量提速，AI 也被引入这一机制，它能通过监测消费者的一些生理数据来判断用户究竟是兴奋、欣喜还是厌烦、不适，从而自动反馈到时空速率上。

统一的时空观已经被打破了，每一个人都活在自己的河流里。

而一旦退出镜像世界，回到均匀单一的物理时空，许多人明显感到不适，这种不适是生理性的，也是心理性的。严重者甚至会产生官能障碍，仿佛自己成了被囚禁于时空茧中的提线傀儡，逐步丧失自主行动及沟通能力。

这些人被称为"时空旅人"，一种带有粉饰意味及政治正确的荣誉称号。

谢爽的课题便是通过跨学科的研究，希望以逆向工程的方式，开发出能够逐步矫正、恢复"时空旅人"对于正常世界时间流速适应能力的艺术形式与体验。但正如伊凡·萨瑟兰为世界上第一台头戴式显示器所起的名字"达摩克利斯之剑"一样，任何技术都是一把双刃剑，对于"时空旅人"来说是解药，而对于另一批玩家来说，却恰恰可能成为诱发新的病症的潜在魔鬼。

谢爽并非对此毫无知觉，但了解得越深入，她仿佛是浮士德博士般，无法自控地想要更多。因为在她眼中，女儿谢天天就是另一个版本的"时空旅人"，被囚禁在了另一个平行宇宙中，无法跟"现实"世界里的家人建立联系。

或许她所研究的技术便是能打破这一屏障，解放女儿的武器。

为了追赶进度，她经常把自己囚禁在近乎静止的虚拟时空中，以争取更多学习与思考的时间。这让她与吴谓情感上的距离也日渐疏远，某种程度上，谢爽成了她自己想要拯救的那一种人。

微微 2.0 将吴谓带到了女儿的房间前。

"准备好了吗？"男孩问。

吴谓摇了摇头，他永远不会有准备好的一天。在他的世界里，一切问题都可以通过计算得出确定的答案，没有模棱两可或者无法界定的灰色地带。但在情感上，尤其在女儿面前，他感觉自己就像面对一个深不可测的黑盒子，无法用理性和逻辑去推演，他永远不知道他的输入会得到什么样的结果。

对于吴谓而言，这就是失败。

微微 2.0 牵起他的手，纵身一跃。

活了这么多年，吴谓第一次感觉自己濒临失控边缘。人类语言已无法表述他所处的状态。

最初的狂乱之后，恐慌逐渐消退，吴谓醒悟过来，这便是女儿所感受到的时空。

他无法看见，却不是黑暗；无法听见，却不是寂静。似乎所有感官都被悉数剥夺，无法遏制的恐惧如潮水般冲击着理智，他开始明白为何天天会如此安静，一切都在混沌之中，感受陌生而强烈，甚至比五官健全时还要丰富敏感，却无从把握其含义，所有与信息对应的意义都断裂了，留下的只是刺激本身。

他像个附身的幽灵，飘荡在这无解的世界，更绝望的是，作为人类的自我意识在渐渐模糊、冲淡。

某种知觉在迅速膨胀，其他感官蜷缩到次要的位置，像是整个躯体被包裹于一枚无比巨大的蛋黄，能感受到四面八方传来有节律的震颤，一种均匀的压力迟滞而坚定地迫近，仿佛有一只巨手捏着这枚鸡子，而它将无可避免地走向破碎。

世界便是这枚鸡子。

这就是谢天天的不安全感，比吴谓所体验过的所有脆弱与惊恐加起来还要强烈。

他突然有种强烈的冲动，想抱抱女儿，抱抱这个宇宙间最孤独的孩子。

一些感觉的残片开始浮现，游荡在意识中，来自另一个人的体温、皮肤的触感、拥抱与亲吻的混合物、毛发拂过脸庞的瘙痒、湿润的气息、手臂上最后的一线疼痛。

吴谓猜测这是来自谢爽的记忆片段，毕竟她是那个花了最多时间在女儿身上的人，尽管随着时间流逝，这些信息也都将无法挽回地逐一消逝，甚至这个人、这个名字也会像水面的皱褶，平复如不曾存在过。

但他猜错了。

那发根坚硬、气息中带着烟味儿、手指上触感粗糙，不可能来自妻子，而只可能是——他自己。

从女儿意识深处传出持续的震颤，变换着频率和模式，带着繁复的节奏和配合，然后便有一种宁静的愉悦弥漫全身。吴谓尝试着去体会那种共鸣腔的感觉，类似于坐在按摩浴缸中，让水流慢慢没顶，引发共振。

那是一种爱的感觉。

这是吴谓此生最为深刻的体验，令人疯狂而眩晕。仿佛共有一个大脑的连体婴，又像是一个置于音箱前的麦克风，回输信号被无限循环放大，推向神经冲动的极限。

在那共振中，他触摸到更为遥远、古老而宏大的存在，像是穿越了幽暗的岩层和数万米的海洋，穿透了大气层与辽阔无际的星空，穿行于时间与空间交织而成的躯体，仿佛所有的感官都恢复了正常，但只有电光石火般的一瞬。

世界疯狂旋转，开始只是水平旋转，然后垂直，最后是不定向的变轴旋转，仿佛苏非教派的旋转舞仪式，舞者右手朝天通神，左手指地通人，不停旋转至意识不清之时，便是与神最近之处。

吴谓被囚禁在蛋壳中，在海中，在铅与火的洗礼中，即将破碎。他膨胀，溢出了蛋壳，溢出了海洋、天空以及万物的间隙，他便是万物。

蛋壳碎了，旋转减缓了，膨胀停止了，然后是猛烈、急速、无尽地收缩，如恒星坍塌，如地铁穿越隧道，如精子游入子宫，如浴缸拔掉塞子，像是要把万物都塞回某个渺小、脆弱、安静的容器中，这个过程如此漫长，以至于连时间都失去了弹性。

父亲离开了，爱消失了。

随之而来的巨大空虚和失落远超过人类所能想象的极限。他们曾为一体，如今各自分离。恍如躯壳悬于真空，割断了所有与外界的能量联系，一个感官的黑洞，无所依托，无法触及，没有意义，只是宇宙间一个孤独的物体。

吴谓看不见，听不着，身体漂浮在知觉之海上，缓慢地穿越时间的尽头，而一生的记忆却凝缩在须臾之间，从摇篮到坟墓，只隔一朵浪花。

他终于理解了女儿的世界，理解了女儿的爱。

如果命运把我们抛掷到无法理解的境地，而我们所能做出的回应，无非一个姿态，一种仪式，体面地接受失败，鞠躬离场下台。再漫长的历史，再强大的国家，再深刻的思想，都会在时间洪流中烟消云散，何况两段人生短暂的交叠。

在时间面前，没有赢家，没有胜利可言。只有爱，能够让我们苟延残喘。

"我受不了了，我要离开这里……"吴谓从意识深处发出求救信号。

"出口就在那里，只要你……"

吴谓还没来得及回应，便被猛然抽离女儿的意识，然后，他看见了光。

那是一具尸体，飘浮在无垠的星空中，没有因为真空失压而爆裂，也没有因为极低温而粉碎，只是像日常生活中葬礼上能看到的那种死者，穿着得体，表情冷淡，妆容精致，只不过换了个炫目得过分的背景。

那是吴谓的尸体。

"微微？这是怎么回事？"吴谓看着自己的尸体，发现自己失去了实体，甚至无法控制自己的行动，只是随机飘浮在太空里，像个孤魂野鬼。他开始惊慌起来。

"冷静点，赢家先生，这是最后一道仪式。"

耳边响起的，竟然是叠加在一起的两种声音，一种是男孩微微2.0的，另一种来自他的导师老柳。二重唱式的音响效果，让这眼前的一切显得更加庄严诡异。

"什么鬼仪式？快让我回去，我要回家。"

"你这就在回家的路上，死亡是每个人的终点。"

"不！不应该是这样，这只是一场虚拟游戏，一场廉价幻觉，快让我走！"

"人类文明又何尝不是一场游戏一场梦。"这是吴谓所熟悉的那个导师老柳，洞若观火又带着虚无喟叹。"在我人生最后十年的研究中，我发现了一个终极规律，它是拓扑数论中一个非常边缘化的分支，但能解释从大脑神经元连接到集体无意识行为，从量子效应到宇宙天体湮灭，这横跨微观到宏观数个量级之间的各种现象，它回答了一个困扰人类多年的不解之谜：费米悖论。"

"费米悖论？"

"从数学上看，银河系大约有2500亿颗恒星，就算按照最严苛的德雷克方程计算，智慧文明也应该是多如牛毛。可为什么，我们一个都找不到？是否存在着某种大过滤器机制，当文明发展到一定阶段，就会被过滤毁灭掉，就像滤掉残渣的咖啡滤纸，特定网眼尺寸的渔网，或者靶向攻击的基因病毒？"

吴谓感到一阵瘆人的寒意，即便他现在没有能够感受寒意的肉体。他已经远离这样的终极思考太久了，回想起学生时代，他最喜欢跟同学争论的，就是这样没有答案的问题。可那样的日子已经像星光一般遥远黯淡了。

"这跟我有什么关系？"他几乎是条件反射般回应。

"呵呵。吴谓，这可不是以前的你。以前的你肯定会站起来打破砂锅问到底。这和你有莫大的关系，你觉得自己遇到了危机，对吧？"

"算是吧……"

"你不是唯一一个。"

"什么？"

"事实上，全人类都在面临同样的危机，我把它称为'赢家综合征'。具体产生的机制尚未清楚，但是就像是打开了大脑中某个隐藏的开关，神经元连接的拓扑结构产生了微妙变化，人类开始变得盲目、短视、过度竞争、自私自利，甚至带有强烈的自毁倾向。而个体组成了社会，社会组成了文明，我们就在悬崖的边上摇摇欲坠。"

"我一直以为您是一个乐观主义者。"

"曾经是，直到我发现盲目乐观也是症状之一。一个盲目乐观的社会与一个盲目悲观的社会相比更为可怕，因为每一个个体都将竭力用自己的乐观扼杀他人悲观的权利。"

"所以，您打算用游戏来拯救世界？"尽管颇为不敬，吴谓还是掩饰不住自己的讽刺语气。

那把声音沉默了许久。

"不……我只想拯救我自己。我也是患者，我牺牲了我的儿子、妻子，还有我整个的人生，只为了能赢。"

吴谓一下子说不出话来，幻觉中的身体，某个地方隐隐作痛，也许是心，一个曾经被认为与思考和感受无关的器官。老柳是真心相信自己所说的话，才会如此坦诚而残忍地揭开疮疤，让学生看清自己最不堪的一面。

"老师……"

"还是叫我老柳吧，我只是不希望你重蹈我的覆辙。你是我最看重的学生，我不想看到你变成现在这个模样……"

"可是我……我已经走了这么远，我不能放弃现在的这些东西……"

"难道你还看不清吗？你牺牲掉的远比你得到的要多得多。"

游戏中的场景迅速闪过吴谓眼前，他明白老柳是对的。为了毫无负累地前进，他牺牲了自己的妻子；为了不断击败竞争对手，他牺牲了自己与孩子相处的时间；为了莫须有的胜利，他牺牲了自己最钟爱的研究。他才是那个被囚禁在果壳里自以为是的孤独国王。

"你们被告知，要不惜一切代价去赢得人生中的每一场战争。可是他们没有告诉你的是，你就是那个代价。"

"可是……这个世界本来不就是这样的吗？"

"从来如此，便对吗？"

吴谓语塞。

"建造这个赢家圣地，便是为了改变每一个困境中的人。也许我们终究不能突破大过滤器，无法抵抗文明的孤独症，但至少，我们可以改变每一个人看待世界的方式，重新建立起与他人的情感连接，扭转神经元网络的拓扑结构。"

吴谓看到自己的尸体慢慢地腐烂、枯萎，如同坛城沙画，再怎么繁华锦绣，都抵挡不住时间，终将化为齑粉，和光同尘。他回忆起这一路上经历的种种，心头若有所动，像有束光打在了久不见天日的幽暗石壁上，照亮了一线青苔与藤蔓。

"老柳，我想家了。"

玻璃罩呲一声打开，吴谓花了一些时间从甜美香气中苏醒过来，回忆起自己身处何处。工作人员搀扶着他离开舱体，进入更衣室。

洗去身上的导电凝胶之后，吴谓走出水雾缭绕的淋浴间，去储物柜拿自己的衣物。他突然被眼前的一个朦胧身影吓了一跳，定睛一看，原来是一面等身高的穿衣镜。

他端详着自己日渐隆起的小腹和略显松弛的肌肉，叹了口气，一切似乎都没有什么改变。

坐进车里，吴谓惊讶地发现自己在舱体里的时间最多不超过一小时，可感觉却像是过了一个世纪那么漫长。他想起所有经历过的虚拟场景和老柳的话，恍如隔世。

车窗外的城市依旧繁华如故，赢家们与输家们不舍昼夜，战争不会为谁真正停歇。

车缓缓驶入地库，吴谓小心地挨着旁边的路虎停好。按照习惯，他会在车里再坐一会儿，像是做好某种心理建设，再离开座驾，上楼回家。

可是今天吴谓却一刻也不想在车里多待，他迫不及待地熄火，解开安全带，溜出车厢，走向电梯间。

在掏车钥匙时，他的手指碰到了一样触感陌生的物体。摸出来一看，是一把金色的钥匙，孤零零的，连着圆形的号码牌，上面写着"42"。

吴谓凝视着那把钥匙，似乎唤醒了他某些回忆。

一声清脆的响铃，他回过神来，走进电梯，门缓缓合上。想起马上可以见到自己的妻子儿女，吴谓脸上露出了幸福的微笑，映照在所有的镜面上，尽管这不过是地球上无比平常的又一天。

直到另一个吴谓打开门，迎接他回家。

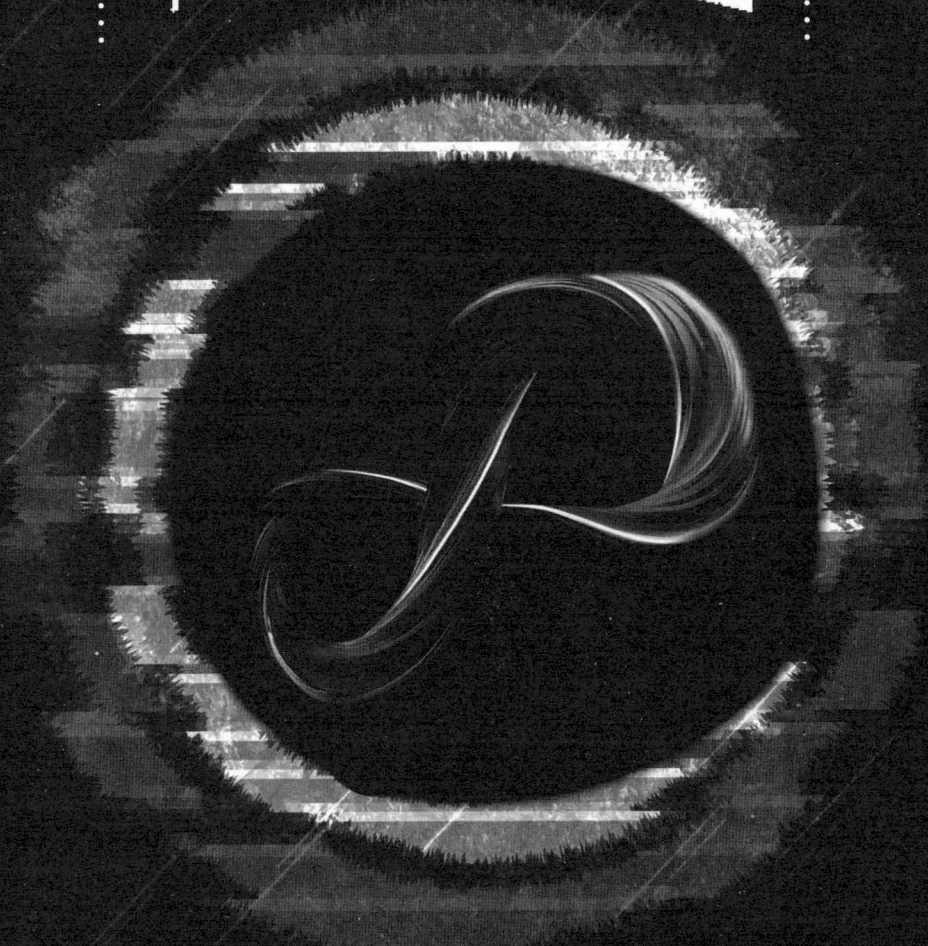

我是在一家韩式火锅店里抽中奖券的。

那是一次失败的相亲，对方是远房亲戚介绍的男生。人倒不差，同样在金融行业摸爬滚打，穿得讲究得体，话语中带有我熟悉的气息，习惯把世间诸事掰开揉碎了还原成可计算或算计的数字，再排个甲乙丙丁 ABCD。他的脸在白汽中忽隐忽现，热情传授着讨好领导和客户的心法。我夹起在滚烫红汤里微微颤动的白色年糕，嘴上嗯嗯啊啊应付着。一切都在预料之中，没有哪怕一丝一毫的惊喜。

我就不明白了，你条件这么好，是太挑错过了交易窗口期？他说。

嗓子眼里的年糕差点没把我噎住。没有怒气。无需解释。这样的话我听得太多了。那个专业术语倒显得有几分幽默，让我对他另眼相看。

就……没兴趣吧。

得，我早看出你对我没兴趣了。这顿我请，就算是交个朋友。以后有优质客户也可以推给我，给你返点。他抬手招呼服务员买单。

像他之前说的，成熟的人不会在已成定局的事情上多浪费一秒。我也懒得解释不是对他这个人没兴趣，而是对这整件事没兴趣。话说回来，我又能对什么感兴趣呢？

服务员托出一个花哨的纸盒，说这周正好店庆，消费满300可获一次抽奖机会，头奖是双人三亚游。

金融男大气地做了个手势示意我抽。我把手伸进盒子里，一堆细碎的小纸条。我搅了搅，试图让它分布得更均匀。他露出眼白，大概是嫌我抽个奖都这么事儿。

有什么滑腻腻的东西擦过我的指腹，我悚然抽手，手心粘着一张黑色纸条。

服务员恭喜我，说这也是个大奖，要了电话邮箱，说过几天奖品赞助商会联系我。

我看到金融男脸上闪过一丝不易察觉的后悔，于是打定主意，收回原本想把奖品让给他的客套。

三天后，我收到一封陌生邮件，标题写着"恭喜您获得一次免费黑屋体验"。我猜他们的电话一定是被智能助理拦截了。在接电话这件事情上，AI干得比我出色得多。

邮件里是一张纯黑图片，用白字写着遮遮掩掩又同义反复的蹩脚广告语，然后又是一个注册链接。我开始怀疑这是一封钓鱼邮件。

"黑屋®为您带来意料之外的惊喜。"

点开链接。地点在距离市区车程一个半小时的须弥山上，倒是不远。听起来像是某种高科技密室逃脱之类的时髦玩意儿。只是，我从来都不是一个高风险偏好者，这和我所干的行当——风控，也就是风险控制有关。不过天性和工作，孰因孰果还真说不好。我时常挖掘童年记忆，试图佐证自己并不是从一开始就如此乏味无趣，只不过人生历练了我，也榨干了最后几滴好奇心。

可我什么都想不起来。

网上搜不到任何相关信息或用户评价，看来这家的饥饿营销做得蛮到位。我关闭网页又打开，折腾几个来回。盒子里那怪异的手感让我无法轻易忘记。鼠标游移了几圈，终于点击"发送"，提交预约信息。不知为何，我松了口气，就像相亲中双方看清彼此面目之后，心照不宣地把戏演完。

我以为自己当天晚上会因为兴奋而失眠，可是没有。似乎风控机制已经内化到我的意识深处，不知不觉间，它消化了这个信息，并将所有的不确定性因素在脑中进行分析模拟。看来结论是安全的。我竟然有点失落。

车子只能停到山脚下，剩下的路得自己爬。

说是山，其实也就是高一点的土丘。也许应了"芥子纳须弥"的佛偈，山虽小，却也玲珑青翠，曲径幽深。我沿着石阶爬出一额细汗，不得不停下来喘歇，心想这项目未免也太会挑地方，分明就不想开门做生意，回报率需要打个大大的问号。

终于找到了掩映在一片竹林后的小院，青瓦白墙，方门圆窗，倒是挺有格调。我按响门铃，过了一会儿，木门悄无声息地开了条缝。我推门抬腿，正要迈过门槛的瞬间，只觉得后背一凉，似乎有人在盯着我，扭头却只见在风中簌簌摇曳的竹林。

接待我的是一男一女两个年轻人，衣着素雅，相貌端正，说话也是绵声细语。

男孩自称小关，向我确认了之前提交的体检报告信息，又问了几个问题，大概是家族遗传病史之类。

女孩叫小叶，带着我去换上轻便贴身的黑色健身服，再次叮嘱了注意事项。

不会有危险吧？我问。

小叶笑笑，物理上比你坐电梯还安全。

物理上？我思忖着这是什么修辞。所以会进行多久？

这完全取决于您。每位客人的情况都不一样。我们预留了一整天，今天黑屋就是您的了。

所以黑屋里到底有什么？我脑中的风险探测雷达开始工作了。

嗯……您听过感官剥夺吗？小叶想了想反问我。

听过。某种 SPA 噱头吧，据说能让人深度放松什么的，从来没试过。

对。类似，只不过黑屋更高级。我们能把您的感知系统像开关屋子里的灯一样，一间间地关掉。

我的想象力有限，无法把女孩的营销话术转化成画面。

但我人就在这间屋子里吧？我看过一些恶搞视频，有些人上着厕所，马桶突然变成了过山车。

小叶被我逗乐了，手一指，您就在这里面躺着，哪也不去。还记得当您想结束的时候该怎么办吗？

重复自己的名字三遍？

没错。

是在脑子里念叨，还是喊出来，还是怎样……

您到时候就知道了。

回到山脚下已经日近黄昏。我竟然在黑屋里待了那么久，怀疑自己要么眼睛出了问题，要么对时间的判断出了问题。

我突然领悟，时间感也是感知的一种。

等车的时候，一个人猝不及防地出现，就像是从地里钻出来的。

他笑着说，我等你好久了。

我讶异地打量他，看上去比我年轻几岁，头发不长不短，长相也没什么特点，穿着还算干净，黑帽衫牛仔裤，踩着一双帆布鞋。

你不认识我。他又笑了。你是从黑屋里出来的吧。

我警惕地点点头，这不会是骗局的一部分吧。

所以……你看到了什么？男人的眼睛突然放光，那张脸变得生动了起来。

什么也没有。我想了想，又补充，我睡着了，也许做了几个梦，可完全不记得了。这家就是骗子吧，可图什么呢……

男人眼中的光消失了，变成了不解。他移开视线，开始自言自语起来，说着些听不懂的话。

这不可能！他斩钉截铁地朝我吼起来，我吓了一跳，心想这人果然有病。

他像头围着篝火上的烤肉打转的野兽，既想靠近，又心存恐惧。突然，他露出了恍然大悟的笑脸。

我明白了！他说，一定是这样的！

就在这头神志不清的野兽想再次向我靠近时，车子终于到了。我逃难般钻进后座，撞上车门，一只手从车窗缝隙塞进来什么东西。

你一定要联系我……

没听清楚后半句，车子已经启动了，那个奇怪的人在后视镜中渐渐缩小不见。

司机善解人意地笑笑，并没有说什么。我捡起男人丢下的卡片，上面有他的名字和联系方式。

他叫张启迪，是递归俱乐部创始人。至少名片上是这么印的。

听上去就不像什么正经人。

事情过去一个礼拜了，我用心感受身上是否发生了任何变化，结论是——我不知道。

当我盯着地毯、墙纸或者卫生间瓷砖看稍微久一点，那些花纹就会发生微妙的扭曲和旋转，像是要从视线中心逃离开去。

噪声变得难以忍受。餐厅的叫号声、笑声、孩子的打闹声都变得尖利刺耳。中午我只能待在办公室里叫一人食外卖。

我变得容易走神，开会中话说到一半忘记后半截，或者某个词在舌头上打转，但就是吐不出来。同事们都投来忧虑的眼神，这样的事情在我身上从来没发生过。

领导叫我去他办公室，问我家里是不是有什么事。我摇摇头。

休个假放松放松吧，让小吴替你撑几天。领导发话了。小吴是部门里的另一个女孩，名校毕业，聪明肯拼，我知道在心里她一直把我视为竞争对手。

领导我没事的，我只是……脑中某个开关咔嗒一下，我突然改变了想法，不再拒绝。

晚上，我约了久未碰面的闺蜜在DMT酒吧相聚。她一脸疑惑，以前叫你出来都是百般不愿意，今天是有什么大喜事儿吗？

这不好久没见了，想你了不行啊？

哟，你今儿个是变性了吗？闺蜜依旧狗嘴里吐不出象牙。

我们有一搭没一搭地瞎聊着，夜渐渐深了。我注意到隔壁桌有个斯文男人一直盯着我看，当我回视时他又假装移开目光。没劲。

我上洗手间，出来时在门口正好撞见那个男人。他好像有点喝多了，眼睛直直的，凑上来要强吻我。我推了一把没推开，照以往肯定一个巴掌就呼上去，可今晚竟然没有，被亲了一嘴浓重的烟酒味儿。

够了没？我冷冷问他。那男人一脸受挫，愣愣地看着我离开。

哟，唇膏怎么花了？闺蜜乐开了花。

狗啃的。

我心里清楚，这跟那个男人一点关系也没有，是我自己的问题。

可这些跟那间黑屋有关系吗？

我好不容易从衣兜里翻出那张卡片，打通了张启迪的电话。他倒是一点都不意外。

来我这儿坐坐吧。他说，并发过来一个地址。

这间茶室跟他的名片一样难找，藏在市中心的弄堂深处，倒是闹中取静。装修风格也是一如其人，普普通通，没什么出彩之处。墙上高悬着一幅手书，模仿的也许是某家大师草体，龙飞凤舞地写着"递归俱乐部"，颇有几分滑稽。

张启迪给我沏上当季的龙井，茶香氤氲，白色水汽中他的脸微微变形，像是油锅里未凝固的煎蛋。

说说？他说。

我讨厌那副自以为是的腔调，可不得不装出客气。

张老师，我觉得自己好像……有点变化。

上次不还说人家是骗子吗？张启迪含笑给我斟茶。什么样的变化？

说不好……打个比方，就像是有块骨头错位了，怎么复原都差那么一点。

就是那么一点让你难受对吧。

我点点头。

上次你说你在黑屋里什么都没看到？

是真的没看到。

我开始回忆当天的经过。进了黑屋之后，地上有一块泛着蓝绿色荧光的方形区域，那是让我躺下的地方，记忆材料根据体重身形把我裹住。荧光暗下，不见一丝光亮，似乎有轻微的静噪，还能闻到似有若无的橘花香。很快静噪消失了，一片死寂压迫耳膜，香气也消失了。我猜这就是小叶所说的，逐步关掉感知系统的过程。我感觉自己飘浮在空中，连重力的方向都分辨不清，不知道过了多久，思绪也变得稀薄，无法组织起成形的想法，或者概念。我试图张嘴说话，却发现不能，运动控制也被关闭了吗？我开始理解渐冻症患者的绝望，以一种快进的方式。幸好我还知道我是谁。我还有记忆。

下一秒，我便失去了意识。

醒来的时候，我已经换好衣服，小叶和小关向我挥手道别，我昏昏沉沉地下了山，又遇见了你。我尽量中性地描述张启迪的出现。

他听得很认真，眉头紧锁。

所以你对黑屋一无所知？他问。

我以为就是那种傻不拉几的密室逃脱。

张启迪露出一脸惊诧，就像是看到不知好歹的孩子把手伸进鲨鱼的血盆大口。

黑屋最初是为了科研而建造的。看得出来，他在努力把复杂概念翻译成我听得懂的话，尽管不是很成功。

有一种理论叫预测性编码，说的是人类大脑并非完全依靠感官来认知外部世界，而是有一部分自上而下的"预测"模型，与自下而上的实际输入信号相比较，通过不断修正原有的模型，将误差值减少到最小。也有人用信息论中的自由能，或者更直接的说法——"意外"的概念来表示这个误差。实验证明，生物的神经构造倾向于追寻自由能最小化，大脑不喜欢意外。他顿了顿，看我反应。

我也不喜欢意外。我笑了笑，表示目前为止还跟得上。

这是非常简略的表述，我省去了大量变分贝叶斯计算和不同层级的复杂情况。当这种理论成为主流之后，科学家们意识到自己面临一个悖论：如果以上假设正确的话，那么生物最合理的做法，莫过于寻找到一个完全黑暗的屋子或者洞穴，在里面待着，以将意外减少到最低限度。可是这与我们所知的一切不符，不仅是人类，所有生物都表现出对玩耍与探索的热情，这明显会带来更多的意外。这就是所谓的黑屋问题。

要我说，这个问题可以有很多种简单的解释，科学家们想多了。

说说看？张启迪面露鼓励。

也许工作影响了我看问题的角度。首先人要求生存，生物都是，如果不确定洞穴或黑屋能够确保持续的生存，那会是最大的风险。其次，或许对于大脑来说，黑屋本身就是最大的意外，因为它与我们日常生活环境如此不同。

你说的都有道理，可科学讲究实证，所以他们发明了黑屋。

你的意思是……让感官信号无限接近零，与预测模型完全一致，也就没有了意外？

没错。

我喝了口茶，回想起在山脚下第一次见到他的情形，分明有哪里不对。

如果是那样的话，我什么都没看见不是再正常不过吗？可当时你……

你很敏锐。张启迪烧着水说，因为在黑屋里，人们发现了别的东西。

什么东西？

他停下了手里的活，抬头看着我，那眼神有点瘆人。

幻觉。至少科学家们这么认为。

接下来的话把他的形象又拉回更接近我最初判断的那一端，疯癫的、不可预测的、民科的那一端。

张启迪说，受试者报告他们开始看到一些奇怪的图像。科学家以为是由于无法由表层意识控制的内感知和本体感知信号所导致，最好的办法就是关闭默认模式网络，它主要由内侧前额叶皮质、后扣带皮层、楔前叶和角回的协同通信组成，是自我的神经基础，也是理解他人与社会、回忆过去与想象未来的神经基础，简单来说，一切叙事都需要通过这个网络才能被理解。

这等同于短暂抹去了这个人全部的自我意识。

更奇怪的事情发生了。

当受试者恢复意识之后，开始"回忆"起一些事情。在那段本不应该有任何意识活动的时间里，有的人经历了一段与现实完全不同的人生，有的人化身其他物种，生活在陌生的世界里，有的人得到了至今无法得到验证的神秘知识，还有的人融入了宇宙，体验了由大爆炸到热寂再到大爆炸的无限循环。

这些信息从何而来？又是经由大脑哪个区域发挥作用？在自我消失之时，是谁在记住这一切？

科学家们提出了许多假设，解释了一些现象，又牵扯出更大的问题。这些问题触及世界与人类的本质。

之后，实验便被官方叫停了。

等等。我还记得当时自己毫不客气地打断了张启迪。如果实验已经被叫停了，那我做的是什么？

张启迪深吸了一口气，面露犹疑。

今天有点晚了，你的茶也凉了，下次再聊吧。

有一股说不清楚的力量，把我从原先一成不变的生活撕裂开去。

我辞掉了工作，在众人惊愕的眼神中抱着纸箱离开办公室。那些业绩数字、圈中八卦、人事斗争、家长里短……像是越来越尖锐的噪声包围我，挤得我喘不过气。我没法堵上耳朵，只有逃掉。

我没有告诉爸妈，他们肯定会买两张机票飞过来，看我究竟怎么了。他们眼中那个循规蹈矩到近乎完美的乖乖女，是余下人生的唯一寄托。我不想让他们的想象破灭，至少现在还不行。

一张世界地图在屏幕上铺开，许多彩色的虚拟图钉，标注出我想去却从没去成的地方。尼泊尔、印度、埃及、土耳其、冰岛、秘鲁、古巴、特立尼达和多巴哥……我让地图缓慢转动，闭上眼，用手指随意一戳。

冰岛。

一种复杂的情绪涌上来，兴奋、激动，同时不安。我真的要这么做吗？像是一座矗立了数万年的冰山缓缓破裂瓦解，可底下藏着的是什么？是另一个自己吗？那个自己是真实的吗？还是像张启迪所说的，只是一种幻觉？

我把注意力集中到查旅游攻略上，把疑虑抛开。

我去了很多地方，见识了许多完全不同的生活。我在兰屿岛的落日中追逐金凤蝶，在柏林的地下俱乐部看青年人彻夜疯狂，在斯里兰卡康提听僧人诵经晨祷，在北冰洋寒冷海面上等待极光。我和其中的一些人产生了亲密而强烈的联结，有男，有女，还有说不清楚的流动性别。我尝试了未曾尝试过的事物和体验，以往它们都被我扫进一个标着"高风险"的圈圈里，如今回头再看，那个圈圈就像是孙悟空头上的金箍，只是在束缚我的人生可能性。

我抛弃了计划和攻略，每一次有意义的邂逅都将我指向下一个目的地。我相信那并不是完全随机的意外，而是存在着某种草蛇灰线般的线索。我花光了积蓄，又赚到了更多的钱，以不可思议的方式。就像爬一座野山，一旦你抛弃了原有的成见，不再执着于保持鞋子干爽、衣服整洁，面前的有限路径将会变得无穷无尽。你成为山的一部分。你就是山。

后来，巴布亚新几内亚的土著巫师用火烤着犰狳鳞甲为我占卜时，指着我心脏的位置说，家，家。

我知道是时候回去了。

回去之后的第一件事，我选择了预约黑屋体验。我迫切想知道，在那里究竟发生了什么，还能再发生些什么。

没有回复。

我不甘心，直接跑到了须弥山上。那座院子现在变成了禅修班，一群慈眉善目的老人看着我，像是看见了从前的自己。

无奈之下，我想起了张启迪。

你看起来完全不一样了。见面第一句话，张启迪说。

我把头发剪短了，晒黑了许多，因为没有时间做护理，手也是粗糙的。当然我知道他指的不是这些。

你可没变。我笑笑，还好这间小茶室没有变。我去了须弥山，黑屋不见了。

噢。他似乎一点也不意外。

所以，这回你该告诉我真相了吧。

张启迪不慌不乱地泡着茶，半晌，才慢悠悠地回答。

想听听我的理论吗？

我坐直了身体。

那些人在黑屋里体验到的，才是世界的本质。当科学家们以为切断了所有感官信号和自我意识时，像一个终止指令，让系统返回到上一级菜单，我把它称为"元意识"。当然，这只是一种方便的说法，每一层都是下一层的元意识，因此层级可以是无限的。

所以那些都是上一层元意识的记忆？我努力跟上他的思路。

可以这么理解。

可自我不是已经消失了吗？

我们对于自我的理解过于狭隘了，就好像你站在两面平行的镜子中间，经过无限次的反射，你得到了无数个自己的影像，那些都是你，复数的你。

我以为那些只是镜像，就像幻觉。

是，也不是。你，你的镜像，或者镜子本身，只有在这组关系中才被赋予了意义。唯一真实的，是你从镜子里辨认出自我的这种努力。

我完全糊涂了。

没关系。

可我什么都没看见……这意味着什么？

张启迪端起茶杯，闻了闻。

你应该听过从前有座山，山上有个庙，庙里有个老和尚的故事吧。

小时候听过。

这就是一个最简单的递归语句。想象一下，如果你在元意识里也去了黑屋，会发生什么。

返回上一级菜单，再返回上上一级菜单……没完没了？

他笑着说，你懂了。

所以……

所以在计算机语言里，这样的无限递归会导致堆栈溢出，系统宕机。用你熟悉的话来说，为了控制风险，必须在有限次数里中止递归。

也就是说……我开始理解张启迪话中所暗示的那件事，视野中的一切开始朝边缘滑开，我屏住呼吸。我还在元意识里？所有这一切？这个世界？

他点点头。你不是第一次进入黑屋，我们也不是第一次见面。也许是某种好奇心让你不断地返回黑屋，想要回到源头。你以为那是一个更完整、更圆满、更丰富的自我。

我静静听着，思绪一片混乱。

可你错了。芥子和须弥互相包藏，每一个你都映射出全部的你，与其试图在一间黑屋里去寻找另一间黑屋，不如接受事实，你从来就没有走出过这间屋子。

所有的记忆如同被打碎的拼图，开始胡乱地镶嵌成一幅图画，我不知道哪些是真实发生过的，哪些只是幻觉，哪些属于过去，哪些属于未来……又或者像张启迪说的，它们都是一样的，没有区别，只是映射。

可你又是谁？我终于问出了那个问题。

护士把轮椅推回房间，又扶我躺回床上。

阿姨今天想看点什么呀？护士手里拿着遥控器问我。

不用了。我摇摇头。我自己待会儿就好。

这是我第三次被抢救过来，医院里的人都在流传关于我的故事，说我求生意志强大。他们对此毫无头绪。

张启迪说得对，我已经拥有了全部的自我和可能性，关键在于如何对待人生。我尝试了所有想尝试的事情，爱了所有值得或不值得的人。我终于明白了应该如何去玩这个游戏，这个关于人生的无限游戏。秘诀就在于——接受所有的意外。

这世界却没有几个人明白。

我从床头柜抽屉抽出厚厚的红皮笔记本，郑重地写下最后一行字。爬满褶皱的手抚摸着伤痕累累的皮革封面，上面写着标题：《黑屋问题》。

现在，是时候了。

我微笑着，默念自己的名字。三遍。

窗外的日光迅速黯淡，像是被巨大乌云遮住。所有的声音都消失了。房间变得越来越空旷，笔记本变得无比遥远。时钟的秒针静止了。

我知道，很快又能和老朋友见面了。

后记

<<< **乱弹元宇宙：**
科幻？ 骗局？ 还是未来？ >>>>

近几年"元宇宙"概念风起，大有席卷全球、改天换地的气势。我作为一名科幻创作者，难免受邀参加各类采访、会议、活动甚至躬身入局，亲身体验或实践元宇宙相关的产品。然而受限于眼界、学养与智识，只能乱弹，供各位方家一哂。

为什么是元宇宙？

简单说来，元宇宙（metaverse）这个概念最早由美国科幻作家尼尔·斯蒂芬森在 1992 年的小说《雪崩》中创造，可以理解为利用区块链、虚拟空间、AR/VR 等技术，构建一个虚拟的现实世界。

何为虚拟的现实世界？意思就是把现实中的事物进行数字化并复制出一个平行世界，我们每个人都可以拥有一个数字化的虚拟替身——阿凡达（Avatar）。这个替身可以在数字化场景中做任何事情，同时又会反过来影响现实世界，俗称打破次元壁。但这只是最为粗疏的描述，其中每一个名词都能分支出无穷无尽的细枝末节。

如今无数的投资机构、企业、学界和媒体都在争抢对元宇宙的定义权，但对于我来说，大可不必过多地探讨定义本身。因为对于一个正处于进行时态中的概念，定义便意味着局限（to define is to limit）。当元宇宙没有完全成形的时候，一千个人眼中会有一千个元宇宙，而置身其中的每个人都会如盲人摸象般，有全然不同的角度、诉求和观感。

很多时候，不同的人对于同一个新鲜事物的反应更能说明问题。在我身边，鼓吹（真诚信仰或别有用心）、批判（言必称刘慈欣、平台资本主义或法兰克福学派）、谩骂（被割过韭菜且十年怕井绳）的声音兼而有之。我更欣赏那些理性、建设性的言论。

有些人会从中探寻科技与科幻互动的关系，科技圈从科幻作品中得到了一些概念和启发，反之科幻作家又从科技发明中得到了更多的灵感。但元宇宙绝对不是从《雪崩》才开始的，不管我们把它叫做元宇宙、虚拟现实或者其他什么名词，人类对于另一个平行时空、另一种身份和生活方式的向往与追求，其实可以追溯到非常遥远的古代。

比如柏拉图的洞穴寓言中，人类所感知到的所谓真实世界，其实只是背后火光（理念世界）映射在洞壁上的投影。又如庄子梦蝶这样一个中国的传统故事，庄子跟蝴蝶之间，主体和客体之间的界限被打破了，互为主体，互为客体，两个意识之间的认知，或者说对世界的理解也被打通了，形成了新的元宇宙。

所有这些都代表着人类自古以来的一种愿望，去想象与现实世界不同的另一个时空，另一个维度，或所谓更本真的存在。在漫长的历史中，人类试图用非常多的艺术形式去想象，如文学、戏剧、电影、游戏、沉浸式体验……其实都是在大脑中形成一个又一个充满隐喻、符号、象征、情感的平行宇宙，在那里可以不受束缚地去展开无限的可能性。

近代科学革命之后，对于宇宙与基础物理的探索与理解又产生了更多"元宇宙"式的理论，这些科学或哲学上的假设成为无数科幻作品灵感的源泉。

第一个是无限宇宙理论，是从时空上思考，比如说飞船在无限长的时间到达宇宙的尽头，会过渡到另外一个宇宙，永无边界。同时，物质的形成方式是有限的，所有物质和行星都是由基本的粒子组成的，在无限宇宙的某一个地方存在另外一个地球，另一个你坐在电脑面前盯着屏幕听着另一场演讲，完全是合理的。不幸的是，我们永远无法通过观测去确定这个理论是否正确，因为距离、时间以及不断膨胀的宇宙这些限制一直存在。

第二个理论是来自量子物理学家休·艾弗雷特三世的多世界

诠释，基于"薛定谔的猫"理论，他认为观测行为会使得当下宇宙不断分裂成无数个非常相似但是略有不同的版本，量子测量的所有可能性都是在某个世界或者是宇宙中得以实现。

最后一个是哲学家大卫·凯洛格·刘易斯提出的可能世界理论，任何版本甚至是无法想象版本的宇宙都存在于这个世界上，只是我们看不到也无法去进行连接。跟物理学和宇宙学不同，哲学不需要任何数学或观察即可支持任何这种理论，仅仅通过逻辑与概念上的推演，更接近于纯粹的思想实验。

人类对于多重世界的思考与探索历史悠久，更不用说佛教中的三千世界。这种思考何以产生，并在我们的人类意识中绵延不绝，这是一个值得探讨的问题。

我认为这样的一种执着追求，跟人类大脑本身固有的特性相关。最新的认知科学研究证明了这一点，人类对外部世界的理解并非完全是由外部的感官信息输入所触发的结果，恰恰相反，在我们的脑中有一些是自上而下的、先验的模型，它们可以理解为某种对外部环境或尚未发生之事的猜测或想象。大脑不断把外部的信息和数据通过感官系统输入，它会跟先验模型两者之间不断产生一种互相映射、互相匹配的过程，从而不断地校正我们对于世界的看法。这个过程被称为预测性编码（predictive coding）。

可以说人类本来就具有在脑中构建元宇宙的能力，只不过我们现在借助技术手段将其外化，而且能把所有人意识中的元宇宙连接成一个更大的技术性的元宇宙。

为什么是现在？

2017 年前我在一家 VR 创业公司工作，全程见证了元宇宙核心技术之一——虚拟现实上一波热潮的兴起与衰落。这并非第一次，也绝不会是最后一次，对于元宇宙来说也是一样。回望历史，VR 的浪潮要追溯到更遥远的 20 世纪 50 年代，包括在实验室里最早的"达摩克利斯之剑"——军方使用的笨重到足以折断佩戴者颈椎的原型机。后来又几经起落，包括任天堂、世嘉都曾经推出商用型号，但都因为软硬件的不足折戟沙场，一直到 2014 年 Facebook 以 20 亿美元收购虚拟现实公司 Oculus，才真正算是打开了千万级别的消费者市场。所以说，上一波 VR 热潮其实可以算是为这一波元宇宙热潮做了一些技术上的铺垫，以及资本、市场与大众的普及性教育。

那么，为什么是现在？

当然我们可以有无数个现实层面的归因，比如疫情加速了线下业态往线上转型的进程，比如风险投资市场缺乏热点标的和新赛道，比如 Z 世代对于二次元以及虚拟娱乐的热爱，等等。但我们不妨把镜头拉得更远，看看从人类技术发展史的时间尺度上，元宇宙究竟意味着什么。

首先是在媒介技术上，人类一直不断想要制造出逼近或者替代物理现实的媒介形态。

从石器时代的岩洞壁画，到发明文字、活字印刷、古登堡印刷机，我们开始能够大规模复制、传播知识以及经验。后来又经历了报纸时代、电台时代、电视时代，一直到了互联网时代，以及从移动互联网到未来的元宇宙。媒介形态经历了从平面的 2D 到深度的 3D，从单一线性字符到多重感官模拟：视觉、听觉、触觉……甚至将来的嗅觉、味觉模拟，都是为了更加逼近人通过自然生理感官对外部世界的感知与理解。同样，社会全面走向工业化的过程中，从蒸汽时代、电气时代、信息自动化以及到现在的智能时代，技术一直努力让机器变得更像人，像人一样去理解外部输入的数据，进行决策，模仿人类的行为以及逻辑判断的过程，最后成为替代人的一种劳动力。所有的这些生产力、生产关系以及媒介技术上的一个变革进化趋势，最终都会指向元宇宙的出现。

其次是信息权力的中心化与去中心化的轮回。

比如在印尼苏拉威西岛发掘的距今 4.5 万年的最早人类洞穴

壁画，考古学家发现，距离洞穴壁画最近的位置，它的声场效果是最好的。就像北京的天坛回音壁，有一个地方，你站在那里说话，周围所有的人都能听见。这说明了早在远古，其实信息也是非常中心化的，那个位置可能站着一个部落的酋长或者巫师，他会对着这样的一幅壁画去做一些重要的指示，描绘现实、未来，或者讲述神话来统一大家的思想。这种信息中心化的权力结构其实也在报纸时代、电台时代以及电视时代延续了下来，它都是一个广播式的、由一到多的信息发布机制。对于终端用户来说，他们其实没有太多的信息掌控权。

这样的情形其实一直要到 PC 时代，每个人都拥有了自己的一台可以生产、传播、交互信息的终端之后才得到改变，而到了移动互联网时代，手机或者 PAD 把难以携带的信息终端从办公室或者书房解放出来，成为如影随形的人体器官的延伸。信息组织的模式也经历了从 web1.0 到 web2.0，每个人都可以随时随地发布、过滤、筛选、创作以及交互的新的信息权力结构。但在互联网刚兴起的时候，蒂姆·伯纳斯·李以为它带来的将会是一个真正平等透明的、人人皆可触及信息的数字乌托邦社会。几十年过去了，我们发现信息权力慢慢地再次被中心化，再次被聚拢到了科技平台巨头的手中。如今我们所困缚其间的信息茧房、算法偏见、数据滥用、信息不平等以及网络暴力，其实都是来自信息再中心化的必然结果。

那么下一个阶段会是什么？在我看来，元宇宙就是一个信息重新去中心化的轮回。我们谈元宇宙，如果不谈到 web3.0，不谈到加密技术与数字货币，其实是不完整的。我们需要信息权力的重新分配，让每一个终端用户重新拥有支配自己数据的权力。这也是 2021 年 8 月中国通过第一部《个人信息保护法》的历史背景。

最后，元宇宙顺应了人类文明从消费主义走向精神化的转向。

消耗化石能源及人类过度活动导致的气候变化，把我们推向文明的悬崖。人类的种种精神症状如部落主义、群体癫狂、恶性自恋……可以说都是由于我们被囚禁在一个过度物质化及消费主义的资本主义价值观牢笼里。长久以来，我们被囚禁在特定的现实中，物理时空上的、身体上的、身份认同上的、感官上的、意识形态上的……这些限制像一个个盒子，大的小的，彼此嵌套，告诉我们，你是什么不是什么，应该做什么不该做什么，而我们将这种对于世界与自我的认知奉为圭臬，一代代地传承下去。

有限游戏的规则已经深深嵌入文明的基因，抛开算力、硬件、成本等所有的实际因素，单纯从科幻的角度出发，我们可以想象一个关于元宇宙的未来，在这样的未来里，现实的边界开始松动，象征局限性与稀缺性的盒子被一个个打开。我们可以拥有不同身体、不同身份、不同世界，甚至不同的宇宙常数与时空观念。一切只取决于你的想象力，而局限性的不断被破除，则释放出更强大的人类想象力，这是一个正向循环。但这是否必然引向一个正面的未来呢？

无论是对现实世界的影射也好，创造出无数数字孪生的身体也好，或者是去中心化的交易与流通也好，都是对某一个单一物理时空局限性的突破，实现更高维度上的突破，得到超乎现实层面上的满足感。所有这些对于我们来说都意味着一种自由。而自由或许就是元宇宙对于人类文明最本质性需求的满足。

我们距离元宇宙还有多远？

科幻里有一个流派叫赛博朋克。赛博朋克的祖师爷威廉·吉布森，在《神经漫游者》里已经想象了那样的一个世界，人可以通过一套方式"跃入"（Jack in）到全感官沉浸，共享幻觉的赛博空间里去。后面又启发了《攻壳机动队》《异次元骇客》《黑客帝国》等经典影视作品，它们都在描绘这样的在我看来可称之为"强·元宇宙"世界。

如今，互联网已是我们传输信息、连接万物的基础设施，不久后，它可能会朝着马化腾说的"全真互联网"或者扎克伯格说的"元宇宙"方向发展。它等于把现有的互联网打造成有更多感官体验、实时连接真实物理世界和虚拟空间的媒介形态。无论它叫什么，其实都是下一代计算平台。目前没有一个公司或者一种技术可以涵盖所有元宇宙需要实现的全部东西，因为它涉及大量基础设施，并非单一平台，也不是单一应用。

这不算一个很新的技术，它只是把原有的 VR、AR 等技术整合，以更高的协同水平开展应用。我们可以乐观地想象，元宇宙相关技术应该会在未来二十几年内达到一定水平，从而升级当下互联网的应用形态。它以后会变得跟今天的互联网、电和燃气一样重要。

未来，如果你只在物理世界里生活，那你的生活肯定是不完整的。但距离科幻小说里所描绘的那种"强·元宇宙"世界，不得不说还很遥远。

不光是现有各方面的技术与基础设施建设离这一目标还很远，而且我相信，就算元宇宙真的有朝一日实现了，也未必是我们现在想象中的样子。回到 20 世纪 80 年代，我们在科幻小说、电影里会看到很多关于互联网的想象，但其实跟真实世界的互联网形态完全不同。现有对元宇宙的想象还是基于对前一个阶段，比如移动互联网、VR 技术、体感设备、建模技术等去整合拼接出来的一个整体形态。而实际上，未来真正出现的元宇宙形态有可能跟我们现有的设想完全不一样，有可能是脑机接口，有可能是以化学手段引发大脑的神经冲动，等等。因为技术的发展并非纯然线性，它会有加速、分岔和突变。

我所能做的更多是从科幻的角度对元宇宙进行展望。科幻小说的底层世界观架构是基于对现有科学技术的基础规律的尊重以及合理的推演，这在元宇宙里面是非常重要的，即所有的世界建构基于一套规则设置。麦克卢汉提出"媒介是人的延伸"，就媒介而言，我们也是在不断追求与现实世界更加贴近、更加仿真、沉浸式的媒介形态。这种媒介进化的终极形态可能是元宇宙形态，它应该包括了几个方面特征：

1.游戏化。人类文明从诞生之初，本质上就具有游戏的特质，以后可能会变成一套共通模式，发生在教育、工作领域，甚至为社会层面的集体动员提供奖惩机制，激发更多人的积极性。

2.多元性。在元宇宙里，所有的（虚拟）世界应该都是打通的，就和电影《头号玩家》一样，我们可以自由改变自己的身份和化身形象，可以自由地选择不同的世界、时空和游戏去穿梭。这就要求包括区块链加密、AI技术、感官模拟、实时渲染、三维建模等所有技术都有一个量级以上的突破，才能够实现真正想象中的元宇宙世界。

3.开放规则。未来二十年后的一代年轻人，出生后可能就接入元宇宙世界，在里面创造元宇宙规则设定。比如未来的"元宇宙"系统，很多人在虚拟世界创造的虚拟物品和服务，也会变成商品，成为经济的一部分，从而产生新的工作机会。

技术飞速向前发展，今天的科幻作家的想象边界被不断推到极限。元宇宙也是科幻叙事的未来，这种叙事跳脱出现有的文字、影像、游戏等媒介形态，摆脱了界限感、线上线下之分，也将模糊作者与读者、消费者的身份界限。这样的新形态下，未来的元宇宙一代又会产生什么样的新的生活方式、消费理念、价值观甚至文明呢？

元宇宙将人类文明带向何方？

刘慈欣老师曾经有一个非常著名的论断：人类的面前有两条路，一条向外，通往星辰大海；一条对内，通往虚拟现实。他认为人类的未来在于前一条路，而后一条将会带来内卷，把人类带向毁灭的境地。

我曾经非常认可他的这种观点，直到过去的一年才让我的思想产生了非常剧烈的转变。我领悟到，两条道路也许是一条路，而从元宇宙中可能诞生出一种新的共识、观念、哲学乃至世界观，或许会让人类重新思考存在的本质，并更好地走向星辰大海。

在这里，我抛出来的更多的是开放性的问题，而非确信无疑的答案。因为一切都尚未发生。

自文艺复兴、启蒙运动的四百年来，我们经历了不同历史时期的技术革命，陷入了"二元对立"的状态，即我们会把他者作为一个可以被奴役、被剥削、被利用的客体来对待，这样的客体包括其他的文明、国家，甚至物种以及整个自然界。我认为，元宇宙让我们有机会打破这种二元对立。在元宇宙，我们可能在虚实无界中打通物质与精神的边界，也包括通过自定义虚拟角色打破性别、身份、民族、意识形态中存在的藩篱，最终实现一种"美美与共"的状态。

当然，这也是非常理想化的想象，因为人性中固有的旧石器时代本能，并没有随着进化而改变多少，这些原始的情感与行为模式在互联网环境里会被激发、强化、放大，因此出现了网络暴力、歧视偏见等普遍问题，这其中媒介形态扮演了非常重要的角色。那么，在元宇宙里，我们是否能够实现从二元对立到共生共荣？能否克服上述的这些挑战？甚至跟我们的美好愿望背道而驰，再次经历一种中心化？包括Facebook(Meta)、微软、腾讯这些互联网巨头已经率先布局。个人数据已经被互联网巨头全面控制、垄断、占有。那么，在这样一个尚未成形的元宇宙社会里，我们是否可能面临一种更加中心化的极端社会形态的可能性？

我们需要解答的问题还有很多，在元宇宙中不可忽视的还有个体自由的挑战。当生产力和生产关系进一步发展，例如，跟数字信息有关的职业以低边际成本迁入元宇宙，是否可能引发新的奴役、歧视和污染？如何借助于设计新的经济系统与价值货币来引导人们追求超越物质消费主义之上的自我实现、尊严与爱？如何防范元宇宙和现实世界的隔离与脱钩？在电影《头号玩家》中，人们在元宇宙安于享乐，却放弃了现实世界，任由它变成一座垃圾场。所以，应该如何打通元宇宙跟物理世界之间的映射关系？如何引导个体在享受元宇宙生活的同时，保护我们肉身所生存的物质世界，找到一条可持续发展的根本路径？

正因为以上的思考，我认为我们需要针对元宇宙制定一个新的社会规范。在每一个元宇宙里，它并不是只有单一的场景，相反可能有无数不同的场景，包括游戏、工作、教育等，也包括不同世界观设定的小元宇宙。那么，每个小元宇宙的规则应该如何制定？是按照从上而下的方式强制，还是通过自下而上的方式涌现？所有这些目前都还是未解之谜，但是我们必须先于政策思考，因为政策相对于技术发展总是滞后的，如果我们对元宇宙这样一个具有革命性的技术形态不提前做风险防范，那么迎接我们的可能将是一个更大的社会崩溃。

最后我想探讨的是，我们能否借助元宇宙来摆脱一种人类中心论的固有思想？

新冠病毒问题让我们开始挑战人类中心论，因为我们知道了人类只是地球上存在的诸多物种中的一种，而病毒，这样一种不被传统生物学视为生命的形态，比我们在地球上存在的时间要漫长得多，这或许让我们感到渺小与无能为力。那么，在元宇宙里是否有可能发展出一种去人类中心化的本体论，包含来自东方的智慧，如道家、儒家、佛家的思想？不同于西方的科技主义、科学主义、加速主义的二元对立割裂思想，东方思想更强调的是天人合一、圆融和谐。

人类历史似乎已经到了这样的一个转折点。我们不得不用模拟的方式去解决许多现实世界中的重大问题，这些问题甚至将决定人类文明的存亡。

2021年，诺贝尔物理学奖颁给了研究复杂性科学的三位科学家。真锅淑郎教授是最早一批发现并研究二氧化碳排放和全球变暖之间相关性的科学家之一，他设计了精妙的模型来解释消耗化石燃料带来的危险。克劳斯·哈塞尔曼教授使人们能够了解风暴、洪水、干旱和火灾的属性，证明它们发生的频率与不断增长的二氧化碳排放有关。他们俩共享了一半奖金，而另一半奖金则是给了乔治·帕里西教授，他从看似无序的飞行鸟群中发现了隐藏的模式。这种方法能够用来理解和描述存在于不同尺度物理系统中的复杂性现象，不仅是物理学，从数学、生物学、信息学到神经科学，从原子尺度到行星尺度，都存在着从无序中涌现秩序的神秘现象。理解了涌现，就有了解开生命与意识之谜的钥匙。

无独有偶，英国科学家史蒂芬·沃尔弗拉姆最近的沃尔弗拉姆物理项目（Wolfram Physics Project），以计算主义的模拟方式重新"涌现"基础的物理规律，可能完全改变人类包括对时空的理解。这一切似乎都在呼应"盖亚假说"发明者詹姆斯·拉布洛克在科普著作《新星世》中提到的，人类作为一个物种，或许只是中间的过渡，最终生命将会走向纯硅基，甚至完全数据化、信息化，整颗行星上的生命能够以信息与能量的形式相互联结成为集群智慧，缔造全新的文明形态？

再进一步的问题便会是，这样的文明，难道不正是我们在元宇宙中创造出来的所有程序、代码与 NPC 吗？

埃隆·马斯克认为，我们所身处的世界也许就是一个大模拟器。而他的本科导师、《生命 3.0》的作者、麻省理工学院物理系教授马克斯·泰格马克比他还要激进，他认为，我们的宇宙在某种意义上就是一种数学结构。

这一想法可以追溯到毕达哥拉斯派的"万物皆数"，而泰格马克提出了"万物的终极合奏理论"(Ultimate Ensemble theory of everything)，其唯一假设是"数学上存在的所有结构也都在物理上存在"。这个简单的理论，表明在那些结构足够复杂以包含自我意识子结构（SAS，self-aware substructure）的结构中，这些 SAS 将主观地认为自己存在于物理上"真实"的世界中。这个想法被正式化为数学宇宙假设，他在 2007 年发表的论文《数学宇宙》后来在 2014 年扩展成著作 *Our Mathematical Universe*（中文版《穿越平行宇宙》），把这一想法推到极致，并论证我们的宇宙在一个明确的意义上等同于数学，而不仅仅是通过数学语言进行描述的物理学。然而这样的理论或许将极其难以通过对宇宙的观测来获得实证上的证据，这也正是泰格马克在 1998 年关于万物理论的论文结尾所说的，也许万物理论极其简单，但需要几代人的努力去寻找观测上的证据。

回到元宇宙，倘若有一天我们能经由超级先进的数字技术（它绝对是一种数学结构）创造出某个在任何层面的"真实感"都与所谓的"现实世界"无法区分的虚拟世界，至少作为人类意识本身无法区分，因为意识本身（所有经验、感觉与情感）也已经包含在这一数学结构之中。

那是否可以说，我们通过数学来创造了等效于所谓"外部物理现实"的存在，从而动摇对于"现实"的唯一性与唯物性，进而质疑我们是否已经生活在某一个元宇宙之中，来验证马克斯·泰格马克数学宇宙的成立？这将是一场本体论意义上的范式转换。

通过元宇宙，我们试图建立起一种理性的哲学或信仰体系，其基础是传统上可以通过数学、逻辑、推理和经验科学获得的知识。它不是传统意义上的宗教，而是一种尝试，它用一系列更合理的基础上的信仰取代或包含了传统宗教，同时仍在解决一些大多数宗教试图回答的终极问题，那些主流科学一直保持沉默的问题。

它的关键不在于我们所身处的世界是不是一个模拟，而是我们如何通过模拟的方式去更深刻地理解宇宙、现实与人类意识的本质。这也是人类如此孜孜不倦地去创造元宇宙的一个原因，我们的意识同样是更巨大数据结构中的一个映射子集。

最后，借用硅谷著名投资人马修·波尔的话，"在元宇宙诞生之前和之后，并不存在一条清晰的界线"。我相信，人类现在正处于某种程度上的元宇宙当中。假以时日，人类通过元宇宙的方式，将能够抵达任何宇宙飞船或超光速飞行所无法抵达的更深远、更本质、更恢弘的宇宙。

这将是一个文明的全新阶段。我拭目以待。